ロス・クラシコス
Los Clásicos
11

テルエルの恋人たち
Los Amantes de Teruel

フアン=エウヘニオ・ハルツェンブッシュ
Juan Eugenio Hartzenbusch

稲本健二=訳

現代企画室

テルエルの恋人たち

ファン＝エウヘニオ・ハルツェンブッシュ

稲本健二＝訳

ロス・クラシコス 11
企画・監修＝寺尾隆吉
協力＝セルバンテス文化センター（東京）

本書は、スペイン文化省書籍図書館総局の助成金を得て出版されるものです。

Los Amantes de Teruel

Juan Eugenio Hartzenbusch

Traducido por INAMOTO Kenji

Instituto Cervantes
GOBIERNO DE ESPAÑA
MINISTERIO DE EDUCACIÓN, CULTURA Y DEPORTE
SECRETARÍA DE ESTADO DE CULTURA

目次

スリーマ　麻酔がきつかったのよ。

アデル　調合してすぐに処方しましたので。ところで、お聞き入れください、奥様、忠実な臣下の声を。奥様は危険な岸辺に足を踏み入れていらっしゃると思うのです。

スリーマ　私を説き伏せるつもりなら、無駄ですからおやめなさい、アデル。バレンシアから出て行きたいのよ。今日、今すぐにでも出て行くわ。

アデル　この捕虜を連れてですか？

スリーマ　お前も一緒に来てもらいます。

アデル　そうして夫君をお捨てになられるのですか。征服地の総督《アミール》、一国の主でございますよ、奥様。

スリーマ　その主が私の夫となる時、私以外に側室を迎えることはしないと約束されたのですよ。お守りになっていますか？　お前にも分かっているでしょう。私のライバルを連れてこようと、昨日バレンシアを出て行かれました。その新しい太守の女に私は地位を譲るつもりです。

アデル　お待ちください……

スリーマ　もう決めたことです。改宗したサエーンはアルバラシン〔テルエルの少し西にある都市〕とテルエルの領地を打ち負かした者ですが、私の召集に応じてやってきています。私が両親から譲り受けたもの、ほとんどすべてを既に手中に収めています。三人で贅沢に暮らしても余りある。夜の帳が下りたらすぐに城塞を出ましょう。

アデル　その捕虜は、奥様を愛しているのですか？　素性をご存じなのですか？

スリーマ　高貴で勇敢な男です。地下牢で苦しみ、寒さと空腹と喉の渇きで死ぬところでした。私が彼を自由の身にします。財産も私の心もやるつもりです。これほどの宝物を誰が拒むものですか。ああ、それでももし拒んで、私の自惚れを傷つけるのなら、私につれなくした報いは高くつくことでしょう。もうずいぶんになります、この剣に毒を塗ってから、私を裏切ったセイト・アベンセイト〔キリスト教に改宗した実在のバレンシア国王〕に怒り狂ったあの日から。世継ぎで復讐を果たしうる者は、必要だというのなら、奴隷をも辱めることでしょう。

アデル　その布には血で何と書かれているのでしょうか？　キリスト教徒の言葉を私は知りませんが、誰か読める捕虜を呼ぶこともできます……

スリーマ　彼自身が教えてくれます。私が尋ねてみますから。

アデル　私が先に話をした方がいいのではありませんか？　奥様は後からで。

スリーマ　私は名前を隠しておきます。メルバンの娘ソライダになりすまします。

アデル　メルバンですと！　その不埒な男は太守様に反乱を起こそうとしているのをご存知ないのですか？

スリーマ　玉座を守るのが王の仕事。誓った約束を破って、浮気にうつつを抜かし、いつの間にか廃墟となってしまうような所業が仕事ではありません。それにしてもラミーロ〔マルシーリャの偽名〕は意識を取り戻さないわね。気付け薬でも探してきましょう。（退場）

第二場

オスミンが脇の扉から登場。アデルとマルシーリャ。

オスミン　スリーマは行ったか？

アデル　ああ。お前は俺たちを待ち伏せしてたのか？

オスミン　義務を果たしたまでさ。太守がここを離れる時に俺にこの役目を命じたんだ。俺たちの主はあの尻軽女よりも慎重だぜ。血で字が書かいてある布はどこにある？

アデル　そこだ。（ベッドを指さす。）

オスミン　見せてくれ。

アデル　そら。（布を渡すと、オスミンは読み出す。）

どうかご理解ください、私の言葉をお読みになれるのですから、こんな所にしか書けなかった事情を、あの牢獄には一筋の光さえ届きませんから。実は今朝、扉と鎖が壊されているのを見つけました。壊した後で、地下道を通って逃げたに違いありません。するとこの布が……

オスミン　（読んだ内容に驚いて）そんなバカな！

アデル　何だって？

オスミン　おお、あの恩知らずめが！　国王に知らせなくては。不逞の輩に一泡吹かせてやる。

アデル　不逞の輩とはこいつのことか？（マルシーリャを指さす。）
オスミン　いや、その高貴なアラゴン人は今日バレンシアとその王の救世主となるだろう。
アデル　スリーマが帰ってくるぞ。
オスミン　このことは黙っているんだぞ。後ですぐに俺のところに来てくれ。（退場）
アデル　さらば。後でことの次第を説明してくれ。

第三場

スリーマ、アデル、マルシーリャ

スリーマ　ひとりにしておくれ。
アデル　かしこまりました。（退場）

第四場

スリーマ、マルシーリャ

スリーマ　胸の鼓動が前よりも強くなっているわ。こうすれば気が付くかしら……（小瓶を鼻のところへ持っていく。）
マルシーリャ　ああ！
スリーマ　気が付いた！
マルシーリャ　（上体を起こしながら）まぶしい光だ！　目を開けていられない。
スリーマ　（窓のカーテンを閉めて）あの恐ろしい建物の中で暗闇に慣れてしまったのよ。
マルシーリャ　これは石じゃない、ベッドだ。囚われていたのはどうなったんだ？
スリーマ　この部屋をゆっくりと見て、心から喜びなさい。
マルシーリャ　王妃様！……（彼女に目を凝らしながら）

スリーマ　牢屋が王宮に変わったのよ。
マルシーリャ　こんな奇跡を信じられないからおたずねするのですが、一体、どういうことなのですか？
スリーマ　奴隷だったのが、すぐに自由の身になって、お金持ちになるのよ。
マルシーリャ　自由の身に！　おお、神のお慈悲だ！　で、どなたのお陰ですか？
スリーマ　バレンシア王妃以外にこんなことをできる人はいません。スリーマがあなたを驚かせて、優しくかくまおうとされたのです。あの方から仰せつかって、私があなたのお世話をしておりますが、今日からはどんな望みも叶い、悲しむことなどなくなるでしょう。
マルシーリャ　君は……？
スリーマ　王妃様の小間使い、勇敢なメルバンの娘よ。
マルシーリャ　メルバンのだって？［傍白］（ああ、思い出したぞ！）
（布を探して、手に取る。）
スリーマ　そんなにあわてて何を探してるの？　その血にまみれた布のこと？
マルシーリャ　［傍白］（これがばれたら、終わりだ。）

スリーマ　そこに何を書いたの？
マルシーリャ　これは君宛じゃない。国王様宛なんだ。
スリーマ　今ここにはいらっしゃらないわ。
マルシーリャ　じゃあ、王妃様にお渡ししよう。僕の庇護者に会えるようにしてくれ。君に頼むよ、後生だから。
スリーマ　ここですぐにあなたの庇護者である王妃様に会えるわよ。
マルシーリャ　おお！
スリーマ　不安にならなくてもいいわよ。苦しかったことは忘れなさい。ただ気持ちを落ち着けて健康を取り戻すことだけに努めなさい。
マルシーリャ　恵み深い天がお守りくださるように、そして気高き恵みで悲しい慰めに与えられた慈悲深い心を称えられますように。スリーマも君も僕という心の囚人《めしうど》を持つことになるだろう。善はそれだけでも美しいものだが、美しい女性においてはいや増すものだ。昨日と今日、僕の幸運はどちらにあるのか。深く奥まった狭く汚らしい独房に入れられて、光もなく、空気さえ淀んでいた。湿った地面が生み出す腐敗した臭気に取り巻かれ、藁も腐り、泥と石をベッドにしていたんだ。今日……　これが夢でないのなら、光を、命を取り戻し、グアダラビアール川〔テルエルからバレンシアへ流れるトゥリア川の古名〕の花咲く岸辺を見ることも期待できる。あそこにはテルエルの町がそびえたち、川面に暗い影を落とす石の塔が高いところから辺りを見渡しているんだ。モーロの高貴な王妃が私を身請けしてくれたことが最高のことではないのだ。僕にお与えくださった善はスリーマ自身でさえ分かっていない。

スリーマ　彼女はいつもあなたに何かしらの謎を感じていました。で、こうしてあなたの人生と捕虜生活についてすっかり聞かせてもらうのを望んでいます。一度あなたの独房に私たち二人がこっそり忍び込んで、あなたが話しているのを聞いていたのです……　それであなたの名前がラミーロではないと分かったのです。

マルシーリャ　僕の名前はディエゴ・マルシーリャ。テルエルが僕の故郷、最近開拓された村だが、今では強大な町となり、恐ろしく凄惨な格闘の中で建設された城壁はその力強い植民者たちの血を固めて作られたものだ。僕は思うが、僕に命が与えられた時、神は純粋な愛のモデル、ひとりの男とひとりの女を作ろうと望まれたんだ。そして同じ愛情で満たされるようにと彼らにひとつの魂をふたつに分けて与えたんだ。そしてこう言われた。「生きよ、そして愛せよ」と。創造主の声を聞いて、イサベルと僕は生まれた。ともに一日と一時間の時間差で目を開けた。とても幼い頃から、既に僕たちは慎みある恋人同士だった。二人が出会ってから……むしろ僕たちは互いを見つめることで愛しあったんだ。と言うのも、神が我々をお作りになった時、神の手と触れ合うことで愛はまず我々の魂を燃え上がらせたのだから。そして僕たちは求めあった。子供にしては驚くべきことで、生まれる前から持っていた愛情が現実の形になって、イサベルと僕は悲しい世界に向かって近づいていった。心で愛したように、身体でも愛し続けたんだ。

スリーマ　それほど互いに好意を持っていたのなら、幸せになる将来しかなかったでしょうに。

マルシーリヤ　僕は貧乏で、イサベルは金持ちだった。

スリーマ　［傍白］（よかった。）

マルシーリヤ　ライバルがいたんだ。

スリーマ　本当に？

マルシーリヤ　裕福なやつでね。

スリーマ　それで……

マルシーリャ　自分の裕福さを見せびらかして……

スリーマ　で、どうなったの？　イサベルの堅い気持ちも負けてしまったの？

マルシーリャ　愛する者にとっては金など大した魅力じゃない。彼女の父親の方が、そうなったんだ、金に目がくらんで……

スリーマ　あなたの愛は相手の女性を失って消えてしまったの？

マルシーリャ　彼女に会って、力の限りを振り絞って自分の情熱を語ったところ、結婚式は延期される代わりに、時間の猶予を与えられて、行動力を発揮してまっとうなやり方で資産を作ってくるように言われたんだ。

スリーマ　もうその猶予期限は過ぎてしまったの？

マルシーリャ　見ての通りだよ……　僕はまだ生きている。六年と一週間が与えられた猶予だった。今日がその期限だ。明日は期限を過ぎた初日となるだろう。

スリーマ　その先を聞かせて。

マルシーリャ　僕の目に光を与えてくれたその美しい娘にさよならを言って、ナバス・デ・トロサの戦い〔スペイン南部のハエン県にある村で一二一二年にキリスト教徒がイスラム軍を破り、以後国土回復運動が急速に進展した契機となった凄惨な戦闘のこと〕では十字架にかけて戦った。ここぞとばかりに勇んで剣を使い、そこでは戦士としての信頼を勝ち得た。その後フランスではモンフォール伯爵〔一一六五?～一二一八。フランスの軍人で、南フランスの異端アルビ派に対して十字軍を起こし、トゥーロン包囲中に戦死した〕の捕虜となった。そこから逃げ出して、シリアでは難民となっていたアルビ〔南フランスのタルヌ県の県都〕出身のあるフランス人が、彼の命をベジエ〔南フランスの都市〕近くで僕が救ったことで、死ぬ時に財産を僕に譲ってくれたんだ。名声とお金を持ってスペインへ戻ってみたが、海賊のモーロ人に捕らえられてバレンシアまで連れてこられた。自分の手で鉄の鎖を壊したことで奥深くに投獄され、命あるまま葬られてしまった。僕の不可思議な監視者が見ることも聞くことも許さないにもかかわらず、理由は慈悲か嫌悪か分からないが、僕の命を長らえさせてくれたんだ。そして君たちのお陰であの酷い場所から抜け出られた。美しい女よ、残念にも思うが、感謝もしている。どうすればこのお返しができるのか、教えてくれ。

スリーマ　しかるべき御礼をすべきだということを忘れないでちょうだい。そして一風変わった話にじっくりと耳を傾けて欲しいの。アラゴンのある若者が囚われの身になってハーレムにやってきたの。その人となりと名前は伏せておきます。あなたには誰のことか分かるはずです。あらゆる女どもは皆高貴な人が恥辱に耐えて苦しむのを悲しんでおりました。その奴隷に哀れみの目を向けたのがスリーマ様です。同情から時を経ないであつい愛情が生まれました。ここでは心は真っ赤になった炭火です。あちらのテルエルではあなたたちの愛は雪のように冷たくなっていますがね。その若者は逃亡を試みました。しかしその努力は甲斐もなく終わりました。捕らえられ、その主によって死刑に処せられました。しかしそのキリスト教徒のために寝ずの介抱をしたのもスリーマ様です。恋に盲目となり、心ここにあらず、彼を救おうとしました。それ以上にその手でもって彼を抱きかかえようとまでされたのです。この危急存亡の時に報いる応えを差し上げるのがいいでしょう。あなたはその捕虜になりかわって話をしてください。私は王妃様の代わりとなって話しますから。

マルシーリャ　不幸になっても運が向いてきても、私の舌にごまかしなど入る余地はありません。この心はただイサベル・デ・セグーラのためにあります。

スリーマ　よく考えて、此の期に及んで望んでいることを考え直すことです。あなたの恋人が今でも心変わりしていないと言えるのですか？　恋人に会えるかどうかさえ自信を持って言えるのですか？

マルシーリャ　イサベルが誓いを破っているならば、苦しみで僕は死にそうです。僕の節操の堅さが彼女の愛の誠実さを保証してくれているのです。晴れがましい精神を持って、お望みならば命も差し上げましょう。魂を預けて受け入れられたからこそ、僕は心の主に忠誠を誓って魂を持ち続けているのです。

スリーマ　言っておきますが、王妃様をからかうのはあまり賢明なことではありませんよ。あの方にはアフリカの血が入っておりますから、愛するのも嫌うのもたやすいこと。それに、あの方の心の内をあなたに知らせている時に、あなたがあの方を踏みにじるようなことを言うのを見て苦しんでいるのをお知りになったなら、あなたは再び鎖につながれ、あの忌まわしい牢屋へ戻ることになるでしょう。そしてあそこで私は、あなたが苦しむのをもっと逆撫でするような大喜びをして、イサベルが結婚したという知らせをあなたに告げることになるでしょう。

マルシーリャ　あのような恐ろしい監獄にいて、僕はあと何日生きながらえることができるのだろうか。

スリーマ　天のいかずちをくらうがいい！　裏切り者は私が作り上げたものをすべて打ち壊すのか。墓を用意して、私の怒りをあざ笑うがいい。その笑いを嘆きに変えることになろうぞ。イサベルを捕虜にしてテルエルから私のもとへ連れてこさせよう。

マルシーリャ　それほどのことがおできになるあなたは一体どなたですか？
スリーマ　私のことを畏れ震え上がるがいい。
マルシーリャ　お怒りになっても無駄なことです。
スリーマ　分からず屋め！　お前の前にいる女はメルバンの娘などではない。スリーマ自身だ。
マルシーリャ　あなた様が女太守様ですか！
スリーマ　そして王妃だ。
マルシーリャ　お取りください、これで（血にまみれた布を渡しながら）あなたのお気持ちに報いるつもりです。即刻お渡しください、勇気と分別のあるお方に、お渡しするこの書状を。その方の素早い行動だけがあなたの命を救うのです。
スリーマ　何だと！　どんな危険があるというのだ？……
マルシーリャ　バレンシアにあなたの夫君が今日お着きになられます。お着きになればすぐ、国王様とあなた様、それに臣下の者たちが、反乱を起こした者の刃にかかって死ぬことになりましょう。
スリーマ　一体誰が不実にも我らに陰謀を企てるというのか？

マルシーリャ　あなたが今まで扮していた娘の父親、メルバンです。あなたが行動に移らないのなら、私は唇を閉ざしてこの秘密を口外いたしません。ただ忌まわしい終末があなたたちに訪れるだけです。

スリーマ　どうしてそのような陰謀のことをお前が……？

マルシーリャ　昨日怒り狂って、私は牢屋の扉を壊してしまいました。獄舎を走り回り、話し声がするので、聞き耳を立ててみると……　反逆者たちが陰謀を画策している会議の最中で、メルバンが首謀者でした。そこで太守がこの城塞に帰ってくるところをねらって、殺そうとしていることを知りました。私は太守様が反逆者の手にかかって殺されるのを放っておくことができず、赤い血をインキに、髪の毛を筆にして、その陰謀を布にしたため、陰謀を失敗に終わらせようとしたのです。次の日にいつも必要な日々の糧を配るのに使われるカゴにその重要な知らせを入れようと考えていたのですが、心配よりも強い強烈な眠気に負けてしまったのです。そして目が覚めてみると、驚いたことに牢屋の外にいたのです。すぐに軍を召集して、ここに剣を置いてください。そして持ちうる兵力をすべて集めて、あなたに反抗して立ち上がる反逆に備えるのです。

スリーマ　反逆に罰を与えるのはその権力を恐れる者です。私ではありません。と言うのも、私は夜になればお前を連れてここから逃走するつもりです。伴の者は数は少ないですが、勇敢な者ばかりで、逃げ延びる時に我々を守ってくれるでしょう。城塞の中で隠れて従順に私の命令を待っているところです。暴動の非常事態の中で彼らを連れて出て行くつもりです。彼らと交渉して、私に代わってあの薄情な男に復讐してもらうつもりなのです。その悪党はサエーンの怒りの剣を恐れています。いや、彼の剣よりも、この毒を塗った短剣の方に震え上がっているのです。私の愛を恨み深い錯乱に変えてしまった者こそ哀れむべきです。嫉妬で私を殺した者を決して幸せにはさせません！

マルシーリャ　スリーマ様！……　王妃様！……

（スリーマは奥の扉から退場して、外から扉を閉める。）

第五場

オスミンとマルシーリャ。

オスミン　無益な話はもう止めるんだ。お前は国王様に忠義を尽くしたんだから、もうこれで手を引くがいい。

マルシーリャ　どういうことですか？　あなたが？……

オスミン　国王様に宛てたあの布を読んだんだ。そこではお前はあの方に援助の手を差し出している。

マルシーリャ　その通りです。危険を省みず、武器を所望いたしました。

オスミン　ならばだ、捕虜で編成された部隊がふたつある。お前はひとつの部隊の隊長になれ。もうひとつの部隊の隊長はハイメ・セリャーダスだ。

マルシーリャ　ハイメがここにいるのですか！　同じ町の者で、友人なのです。

オスミン　もし戦闘になれば、捕虜が頼れるのは自分だけだ。勇気を振り絞って戦ってくれ。

マルシーリャ　自由の身になるべく、自由の叫びに勇気を奮い立たせて戦わない者はおりません。

オスミン　スリーマ様のことは……

マルシーリャ　彼女もまた自由になられるおつもりです。
オスミン　そうはいかぬ。しかしサエーンが国外へ連れ出すはずだ。

第六場

アデル、モーロ人の兵士たち、マルシーリャ、オスミン。

アデル　オスミンよ、反逆者たちが大勢で宮殿に向かっている。隠れていたサエーンはメルバンの名を叫んで出て行った。スリーマが我々を売ったんだ。
オスミン　もはやあいつを許すわけには行かない。
マルシーリャ　負けた者の処分は、戦いが終わった後ですればいい。王冠が血と炎の間を転がる時には、先に勝利を収めた者が、次に……
オスミン　敗者を罰するのだ。

マルシーリャ　いや、敗者を許すのだ。
声　暴君は死ね！（舞台裏で）
マルシーリャ　私に剣を！　私の武器を！
オスミン　早く、彼について行け。アデル、塔を守るんだ。
アデル　剣を持て。（マルシーリャに剣を渡す。）
マルシーリャ　乞い願っていた剣だ！　私の右手がもうお前を握っているぞ！　我が右手はお前を勝利へ導く。パレスティナの稲妻だった剣よ、今度はバレンシアの稲妻となれ！（幕）

第二幕

第一場

テルエル――ドン・ペドロ・セグーラの家の広間

ドン・ペドロが登場して家に入る。マルガリータ、イサベル、テレサが出迎えに行く。

マルガリータ　旦那様！（ひざまずく。）

イサベル　お父様！（ひざまずく。）

テレサ　ご主人様！

ペドロ　娘よ！　マルガリータよ！　立ち上がるがいい。

イサベル　御手に接吻させてください。
マルガリータ　私にはお足下の床に接吻させてください。
テレサ（マルガリータに）まあ、奥様、そこまでの謙虚さはもうおやめください。
ペドロ　心をくだいておったとは思うが、そこはお前たちに相応しい場所ではない。抱きしめてくれ。（二人を立ち上がらせて、抱きしめる。）
テレサ　それがお似合いです。その次は私めを。
ペドロ　こちらへ来い、忠実なテレサよ。
テレサ　忠実さと裏表のないこと、その点では誰にも負けません。
ペドロ　やっと帰ってきたぞ。
マルガリータ　神様が私の祈りをお聞き入れくださったのです。
ペドロ　うれしい思いでモンソン城を後にした、特別の任務を託されたからだ。平和を維持するために、ドン・ハイメ様に献上する軍隊の徴兵を我が村テルエルが請け負うことになった。ドン・サンチョ様とドン・フェルナンド様が我々をご所望だからだ。ドン・ロドリーゴ・デ・アサグラ様は気前よくて寛大な方で、行く時もわしに付き添い、帰る時もわしに付き添われたのだ。しかし常にそなたたちのことを思い出していた。イサベルは悲しんでおったし、お前はもっとそうだったな。

テレサ　もちろんでございます。

マルガリータ　テレサったら！

イサベル　お父様！

ペドロ　我が娘よ、正直に話すがいい、わしのいない間に何があったかを。

テレサ　お伝えするほどのことはありません。

マルガリータ　テレサ！

テレサ　嘘ではございません。ひょっとして初めてのことでしたか？　イサベル様がため息ばかりついて、（マルガリータに）奥様は気が気ではなくて、パンと水だけの断食生活に、無償で病人の手当をしてお回りだったのはいつものことですから。そういう人生を送ってこられました、少なくとも十五年前から。

マルガリータ　おやめなさい。

テレサ　そしてこの六年間というもの、イサベル様の口元からわずかに微笑むこともなくなってしまいました。

イサベル ［傍白］（ああ、私の恋人！）

テレサ 結局のところ、ご主人様、かわいそうなドン・フアン・ディエゴ・デ・マルシーリャのことは何ひとつ分からないのです。

マルガリータ もう口を慎まないのなら、私と一緒にあちらへ下がりますよ。

テレサ 奥様とご一緒するのはたやすいですが、口を慎むのはちょっと……

（マルガリータとテレサが退場。ドン・ペドロは剣を外して、机の上に置く。）

第二場

ドン・ペドロとイサベル

ペドロ お前がかたくなにふさぎ込んでいるので、イサベルよ、わしはずいぶん悲しんでおる。

しかし、残念だが、改善策はないのだ。高名なご子息は今もあの約束を守っておいでだ。わしも約束したからには、果たさねばならぬ。お前の父親の名誉には一点の汚れもなかった。名誉ある青年時代を過ごしたからには老年時代にはさらなる名誉を必要とする。

イサベル　私は何もそのようなことを……

ペドロ　話を変えるが、神の御意思次第のことがいくつかある。かなり変わった事件の話を聞いてから、神の摂理としか言えないのかどうか、判断してくれ。

イサベル　どうぞお話を。

ペドロ　テルエルに、お前が覚えているかどうか知らぬが、カタルーニャの騎士、ロジェール・デ・リサーナとか名乗る者が住んでいた。

イサベル　テンプル騎士団の方ですか？

ペドロ　そうだ。ロジェールがモンソン城に滞在しておった。あちらの噂では、悪いことをし放題で奔放に過ごした若気の至りで心と身体を痛めて、ほとんど口も聞けぬ、痴呆で、無能な人間になってしまったらしい。ただ、愚かであっても人に危害を加えることがないので、村中を気ままに歩き回ることは許されていた。ある日、わしの依頼事がうまくいかず、どうやって折り合いを付けるかで、ドン・ロドリーゴとわしが罵りあったことがあった。彼は怒って立ち去り、わしは彼が逃げるところを見てこう怒鳴った。こんな奴がわしの一番大切なものの亭主となるはずがあるか？　死だけがわしの約束を反故にできるというなら、主よ、わしをあの世へ連れて行ってくれ、そしてイサベルを自由にしてやって欲しい。

イサベル　おお、お父様！

ペドロ　ちょうどこの時、とてつもない力で扉を開けて、手に短剣を持って入ってきた……

イサベル　ピラールの聖母様、お助けを！　どなたでございましたか？

ペドロ　ロジェールだ。わしのところへ来て、聞き取りにくい声で、二人のいずれかがここで命を落とすのだ、と言った。

イサベル　で、お父様はどうなされたのですか？

ペドロ　わしはな、わしが死ぬことでさらなる不幸を食い止めることができるのならと考えて、腕を組み、静かに最後の一撃を待った。

イサベル　まあ！　で、ロジェールは？

ペドロ　ロジェールは、わしの振る舞いを見て動かなくなり、短剣を使う代わりに、後ずさりしながら、わしをじっと見たまま、顔には恐怖がありありと見て取れた。両手で短剣を握りしめたまま、わしに剣を渡したいそぶりをいろいろとして見せた。わしは彼に構わずに、まったく不動の姿勢を崩さず、これまで通りにしていると、彼は目が据わったまま、瞬きもせず、口ごもりながら言った。殺してくれ、墓の片隅に俺の罪を隠してくれ。

イサベル　罪ですって！

ペドロ　結局、瞬きもせずに長く同じ格好でいたから、彼は意識がとても曖昧だったので、混乱して倒れ、剣の柄を地面に向けていたので、剣先が彼の心臓を突き刺し、そのかわいそうな奴は動かなくなり、最後の息をわしの足下で引き取った。驚いたわしは逃げようとした。そこへアサグラがわしに許しを請おうと戻ってきてその場を目撃した。わしは彼に二度とわしの家の敷居をまたぐなと言ったら、彼は恵み深く、てきぱきと物事をこなす人間だから、国王様に事の次第を伝えて、死体を埋葬するように部下に命じたのだ。いいか、娘よ。わしはお前の意に添わぬことをせずに、約束を反故にするなら、殺されてもいいと思ったが、神様がわしの命を助けてくださった。天の勅令はきっとこうなのだ、やはりあの結婚が執り行われるようにとな……　そして三日経ってもお前の好きな男が現れなかったら、結婚式は執り行われる。

イサベル　［傍白］（ああ、彼と私はどうなるの！）

第三場

テレサ、ドン・ペドロ、イサベル

テレサ　ご主人様、ドン・ディエゴの父上であるドン・マルティン様が、尋ねてこられたところです。

イサベル　［傍白］（何かの知らせかしら？……）

テレサ　ご主人様が気に入らない相手ですから、玄関先で待たせてあります。

ペドロ　気にくわぬ相手でも、高貴な方ならば、扉は目一杯開けて、お通しするものだ。お通ししろ。（テレサ退場）お前は母親と一緒に下がっておれ。

イサベル　［傍白］（お父様のかたくなな心が解きほぐれるまで、お母様の足下で泣き濡れるだ

けだわ。）（退場）

第四場

ドン・ペドロ

ペドロ　馬に跨がってモンソン城へ向かった頃は決闘する段取りになっていた。どうしても決闘を望むのだろう。よかろう。しかし彼は長く病に伏せっておった。腕が戻っていないのなら、わしと一戦交えることはなかろう。

第五場

ドン・マルティン、ドン・ペドロ

マルティン　ドン・ペドロ・セグーラ、ようこそお帰りなさった。
ペドロ　あなたこそ、ドン・マルティン・ガルセス・デ・マルシーリャ、ご機嫌うるわしゅう。
イスにかけてくだされ。
（ドン・マルティンがイスに座る間に、ドン・ペドロは剣を取りに行く。）
マルティン　剣を置いてくだされ。
ペドロ　（座りながら）病に倒れて苦しんでおられたことを辛く感じておりました。
マルティン　もうすっかり回復した。
ペドロ　どれほどかは……
マルティン　ドミンゴ・セリャーダにも……
ペドロ　きっと、強い男でしょうな！
マルティン　棍棒で戦っても私は奴に勝つ。
ペドロ　それでこそ相手に相応しい。今日から、延期された決闘のために、しかるべき場所を選んでください。
マルティン ドン・ペドロ、私は先に話すことがある。
ペドロ いつでもお話しください。何なりと。どうぞ。
マルティン もともと諍いの原因はと言えば……
ペドロ 原因はもういいでしょう。二人ともよく知っていることです。あなたのことで私が欲深いと噂され、ご子息を奪ったと。名誉を傷つけた、だから決闘も辞さない。
マルティン 私を気力充分だと見ているか？
ペドロ はい、そのように。そう思わなければ、決闘などいたしません。
マルティン 私は危険に顔を背けることなど絶対にしない。
ペドロ ええ、我らの戦いもそれなりのものになるかも知れません。
マルティン 同じことゆえにそれはもう……
ペドロ 血なまぐさい、必死の戦い。二人のいずれかが姿を消す。
マルティン あなたにとってうれしい出来事がある……　二人にとってもうれしいことが。
ペドロ 何のことですかな。はて？

マルティン　三か月くらいになるかな、病に伏せって死の床にいたわしに、ひとりの者が現れて、すべてを導いてくれた。決闘のことでわしの家族は恐れおののき、あなたの奥方に救いの手を求めた。あなたの奥方は、手はずを整え、恵み深い努力で、慈悲深くもこの村に慈善をもたらし、死の怒りが襲わんばかりの病人にも手を差し伸べて、天に祝福されたお方だ。あなたに怒り狂った私は、心配するあまりに不安になった家族の優しい忠告に耳を貸そうとしなかった。かたきの手をもぎ取らねば、健康を取り戻すこともないとほざいておった。意地を張るほどに痛みが増して、死がわしの寝床に勝利の旗を掲げた。ついにある夜……何と冷酷な夜だったことか！　苦しみのあまりにわしは神を罵っていた。強い怒りで短剣をよこせと言いながら……胸をかきむしって、怒りであえいでいた。その時、家の玄関に、さらに進んで寝室に、ある巡礼の者が顔を隠してやってきた。健やかで温和な天使のようだった。わしに語りかけ、慰めてくれて、薬のような酒で唇を濡らしてくれたら、苦しみが和らいだが、そのまま姿を消し、顔を隠したまま正体を明かそうとしなかった。最後に来てくれた夜に、もう充分に回復していたわしは、後を追った。何度か通りを渡り、この館の方へ近づきながら、入ったのはあの古びたゴシック様式の礼拝堂、あなたの館の庭と境を接しておる礼拝堂だ。そこで追いついたら、顔を隠していたベールが落ちて、輝く月がその顔を照らした…… あなたの奥方だった。
ペドロ　マルガリータでしたか！
マルティン　一瞬、私は何が何だか分からなくなったが、すぐに気を取り戻し、高貴なご婦人にひざまづいた。このような恩恵を受けて、もはやこの手に血なまぐさい報復などできようがない。ドン・ペドロ・セグーラ、この父親が命あってこうしていられるのは誰のお陰か、お分かりだな、決闘はわしの方から取りやめにしたい。この剣はあなたに預けよう、そして足下に置いてくれ。（剣をドン・ペドロに渡すと、彼はそれを机の上に置く。）
ペドロ　ありがたい幸せだ、あなたと決闘せずに済んだ、こんなにも心温まる理由で！ 以前に顔を合わせていたら、騎士なるがゆえに、決闘に臨むことばかりに拘っていたでしょう。そのような連れ合いを持てて、驚くばかりに幸せな命を取り戻された方をあやめることなど誰ができましょうか？ わが妻は今日から以前にも増して私の宝となるでしょう、あなたが私を友と呼んでくださるならば。
マルティン　友となろう。（二人は握手をする。）
ペドロ　永遠に。

マルティン　ああ、永遠にな。

ペドロ　で、結局のところ、ドン・ディエゴの消息は何か分かりましたか？　期限が迫ってきたこともあって、アサグラの頼みに負けて、辛い約束をしてしまいました。あなたのご子息が早く姿を見せてくれれば、両家の家族も涙をこらえることができるでしょうに！　神はそうはお望みではなかった。

マルティン　私はその聖なる名前に神のご加護を祈るが、無くしたものには涙がとまらん。

ペドロ　しかし何を無くされましたか？

マルティン　ミュレ〔フランス南西部の町〕の戦いの後、敵のシモン・ド・モンフォール伯爵の勝利に終わり、どれほどこいねがって息子のことを尋ねても、誰もその噂のかけらも知らない。毎日、天を仰ぎ見て忠実なる僕《しもべ》として哀願しておるのだ、この地上のどこに息子は生きてかくまわれているのか、それとも死んで埋葬されたのか。しかし天地は無情にも黙ったままだ。

ペドロ　約束の期限にはまだ猶予があります。一時間でも一刻でも間に合えば永遠の時間に匹敵します。私のイサベルがこんなにも切なく愛している相手を婿と呼べるなら、うれしい限りです。しかし、姿を見せず、その日が来て、その時になれば……　どんなに苦しくとも、神聖な約束に従う他ありません。できることなら、反故にしたいところです。

マルティン 熱意及ばず、運命は過酷、たまたま私自身が血筋の不幸を目の当たりにせざるを得ないようだ。不幸に身を委ねることができなかった者は、不幸に仕返しされた時に苦しむがいい。さらばだ。

ペドロ そのようなあなたの姿は見たくありません。私にはあなたのこの剣が必要です。あなたには私のをお預けします。（剣を彼に渡す。）忠実なる友情の証しとして。

マルティン 受け取った。国王様以外の誰にも渡さんぞ。

（ドン・マルティンが退場し、ドン・ペドロは後について見送りに行く。）

第六場

マルガリータ、イサベル

マルガリータ　［退場する二人を目で追いかけながら、傍白］（何も聞こえなかったけれど、二人は仲直りしたに違いない。）

イサベル　（母親の後を追って登場）お願いです、お母様、話を聞いてください。

マルガリータ　ダメです。あなたがこの結婚に同意しないのは馬鹿げています。確かに皆にただならぬお世話になっているのですからね。あなたは貴族です。でも、いいですか、愛を捧げてくれているのはドン・ロドリーゴ・デ・アサグラ様です。より気高く、富も勝っています。アラゴンでは身内だけでなく他所の者もあの方を尊重していますし、少なくともあなたに対して穏やかなお気持ちを見せてくださっています。

イサベル　執念深くって高慢ちきにしか見えなかったけど。

マルガリータ　あなたのお父様は彼こそあなたの夫に相応しいと思っておいでです。自分が気に入った相手に夢中になるなんてことは若い娘にあってはなりません。娘はその父親の思いを受け入れるだけでいいのです。この頃はね、イサベル、こんな風に結婚が取り決められるのです。こんな風に私たち女は結婚させられて、私もそのようにして結婚しました。

イサベル　私は心が乱れているのに、他に慰めはないのですか？

マルガリータ　あなたの色恋沙汰など私に話すものではありません。そんな戯言のためにあなたをかばうことなどできません。下がりなさい。

イサベル　待っても無駄だったのね。（すすり泣きながら退場しようとする。）

マルガリータ　何ですか！　泣いているのですか？

イサベル　泣くことだけがまだ禁じられていない慰めでした。

マルガリータ　イサベル、あなたの話を聞かないからといって、酷い母親だと責めないで。あなたが苦しんでいることは分かっているし、ずいぶん同情もしています。しかし、あなたね……　四年経っても、マルシーリャは誰にも手紙も寄こさないのよ。ひょっとして死んでいるのかも……

イサベル　いいえ、お母様、生きています！……　しかしどんな暮らしをしているのでしょうね！　おそらく、泣き濡れて、シオンの山〔ソロモンが神殿を建てたエルサレムの清峰〕で私のために鎖につながれているか、たぶんリビア〔アフリカ北部の地中海に面する国〕地方の砂漠で呻いているかでしょう。そんな不吉な知らせで私を悲しませたくなかったのでしょう。私も自分に言い聞かせようとしていますし、絶えずこのことを考えています。彼を忘れられるようになろうともしました、不実にも他の女と懇ろになっているのではないかと疑って。横恋慕しているドン・ロドリーゴの無愛想なしゃべり方にも慣れて、この耳にも嫌な感じには聞こえなくなりました。でも、ああ！　理性が勝って、絶対君主のような逆らう情熱を鎮めることができなくなると、ここにいない彼のため息を記憶が思い出させて、心を鬼にした決意も一瞬にして崩れ落ちて、見せかけだったのだと分かりました。打ち負かされた後は、もっと勢いを増して、血が逆流して燃え上がる炎のような恋心が意識の中に入って来ました。そうなると美徳など嘘っぱちに過ぎないと思って、わっと泣き出してしまって、錯乱した頭の中で、ドン・ロドリーゴと結婚の首木につながれるよりは棺に収まろうと誓いを立てたりもしました。私にとっては、あの方は命を奪う処刑人、地獄から来た悪霊です。

マルガリータ　お願いだから、頼むから、イサベル、そんなに逆上しないでちょうだい。あなたはまだ分かっていないのです、そんなことをすればあの方と一緒に殉死せよと私に強いているのと同じです。

イサベル　何ですって！　私が大胆になるのはそんなに驚きなのですか？　でももう心臓に毒がたまりすぎて、破裂しそうです。お母様にではなくて、あのむき出しの石壁に埋め込まれて動けない石には、黙って私の死の嘆きを聞いてくれた教会の丸天井には、私の涙で汚してしまったかも知れぬあの床には、勝手にやってきた誰かほどには堅くも冷たくもないならば、私の苦しい願いは気休めにはならなくとも、辛く当たることはないので、見届けてくれた者のために私は祈ります。

マルガリータ　［傍白］（心穏やかにこの娘の言うことを誰が聞いていられようか?・）苦しみは和らげなさい。母親の、信頼に足る人の、温かい心に飛び込んできなさい。私を見くびらないでちょうだい、そしてあなたに見せているこの厳しい顔から目を反らさないで。悲しんでいるがゆえにこの額に被せた仮面を見せざるを得なかった。しかし仮面の奥に、あなたの苦しみを和らげたい気持ちで押し殺してきた、本当の母たる優しくて、甘やかしてやりたい愛情が隠されているのです。

イサベル　私のお母様！（互いに抱き合う。）

マルガリータ　本当の気持ちを隠してきました……　だってそうしなければ……　十五年も耐えてきた苦しみがここにあるのです！　親としてのあなたへの気持ちをうれしく思いたかったわよ。苦行衣と荒衣を身につけてからは、もう何も喜べないけれど。

イサベル　お母様！

マルガリータ　あなたの愛情を徒に刺激しないように心配もし、配慮もしてきましたし、ただあるべき姿を見せるために厳しい顔を見せてきました。でも、あなたが毎晩、眠る床で呻いているのを聞くにつけ、時にはどうしようもなくなって私の酷い仕打ちを罵る声を聞くにつけ、私は主に、黙ったままで、母として流す涙が海のようになったまま、あの子の安らぎのためなら命を捧げますと何度申し上げたことか。

イサベル　まあ！　何とありがたいお心をお見せくださったことでしょう！　私は不実な娘でした！　こんなにも愛してくださっていたの？　私が心から慕うお母様！　私をお許しください……　泣いてはいますが、こんなに大喜びもしているのですよ！　六年も前ですか、いえそれ以上、こんな喜びを感じたことはありません。私の不幸もよくご覧ください、時には語ることで苦しみが一時的にも勢いを弱めるかと思いました。でも、萎えた私の心にまばゆい明るさを伴って入り込んでくる光がもっと深い暗闇に変えてしまわれるのですか？　お母様、私があがめるお母様、あなたの足下にひれ伏します。私の涙に胸が痛まないならば、ここで私は最後の息を引き取るでしょう。（ひざまずく。）

マルガリータ　お立ちなさい、イサベル。涙を拭いて。信じておくれ……　そう。すべては私次第なのよ……

イサベル　もう分かっていると思うけど、時間は素早く逃げるように消えてしまうわ。三日経てば、たったの三日よ！　もうすべて後の祭り、希望はすっかりなくなる。私のお父様はとてつもない約束を守るために、供物として私の意思を祭壇に捧げるでしょう。お母様の言葉はお父様の魂には説得としてしか映っていません。私があれこれ思いを巡らすのは不服従、つまり罪となるでしょう。私はね、お母様、分かっているの。結婚させられるのだろうって。でもね、婚姻の晴れ着を準備する代わりに、十字架と経帷子《きょうかたびら》〔死に装束のこと〕だけにしたい。この服とこの飾りだけが必要なすべてです。

マルガリータ　ダメよ、ダメ、イサベル。止めなさい、そんな考え方は。私があなたを守るように頑張るから。アサグラはあなたの主人にはさせません、あんな約束は反故にしてやるわ。あなたのお父様に話を聞いてもらいます、そうしたらそれほど恐ろしいことにはならないでしょう。今日からあなたの母は違う人間になります、これまで長い間、抑えてきた気持ちをぶちまけてやるわ。

第七場

テレサ、マルガリータ、イサベル

テレサ　奥様、ドン・ロドリーゴ・デ・アサグラ様が面会の許しを求めています。

マルガリータ　お通ししなさい。いい時に来たわ。（テレサ退場）

イサベル　退席させてください。

マルガリータ　すぐ隣の部屋で待機してなさい、そして話の遣り取りを聞きなさい。

イサベル　何を仰るおつもりなのですか？

マルガリータ　いいですか、あなたの母がどんな人間なのか、すぐに分かりますからね。（イサベル退場）

第八場

ドン・ロドリーゴ、マルガリータ

マルガリータ　ドン・ロドリーゴ様……

ロドリーゴ　奥様……　ついにお目にかかれましたな。

マルガリータ　この接見部屋を汚さぬように、私の家に来られたのは自宅では落ち着かなくなっているからでしょうね。

ロドリーゴ　ここへ来たのは必要としている安心を得るためです。（イスに座る。）あの不機嫌娘は私のことをどう宣《のたま》っておりますかな？

マルガリータ　ざっくばらんに話してもよろしいですか？

ロドリーゴ　ざっくばらんに私も尋ねております。どうぞ。

マルガリータ　私の夫はあなたに一人娘と結婚させる約束をいたしました。で、それ故に、確

かにあの娘を手に入れる段取りになっています。しかしあなたの愛情は配慮に欠けています
し、気性は居丈高だし、あなたを愛していない女を手に入れるだけでご満足されるのでしょう
か？

ロドリーゴ　イサベルの気持ちは今は私に向いてはいません。それは承知しています。しかし
イサベルは貞淑な女性、乙女の鏡です。誓ったことは守るでしょうし、ひれ伏すような愛情に
は応えてくれるでしょうし、結婚すれば模範的な妻になるでしょう。

マルガリータ　マルシーリャへの愛情は薄れていないのですよ。

ロドリーゴ　居場所も分からぬ恋敵には嫉妬さえ湧きませんし、私にとっては彼の死は疑いな
いことです。

マルガリータ　でも帰ってきたら？　期限が来る前に、以前と変わらぬ恋心を持って現れたら、
しかも多くの富を増やしていたら？

ロドリーゴ　結婚式の前でも後でも、姿を見せるのは困りますなあ。彼は六年間で金持ちにな
らなければ、イサベルを諦めると約束しました。戻ってきても、イサベルと一緒にいられるの
は二人の内のひとりだけ。我ら二人が望む結婚は金では買えません。刃で勝ち取るもので、血

を流さねばなりませんな。

マルガリータ　あなたの言葉遣いはこの家で使うにも私に対して使うにもあまりに配慮に欠けています。しかし許すことにします、と言うのも、これからあなたに苦しい思いをさせるのをあなたにも許していただきたいからです。私はね、気高いドン・ロドリーゴ様、今日まであなたがイサベルと一緒になることを認めてきましたが、そこから生まれるのは彼女の不幸とあなたの不幸でしかないだろうと最終的に思います。私は、だから、あなたに申し上げねばならないのです、キリスト教徒として、母として。私はお願いせねばなりません、我らが主イエス・キリストにかけて、我らが聖母マリアにかけて、無理強いするのを止めてください、それは無謀な行為とほとんど同じです。

ロドリーゴ　私の気持ちは公然のもの、何年も前からそうですし、もはや私の名誉に関わることです。諦めることは不可能です。邪魔することなどできないのに、反対されませんように。

マルガリータ　私の頼みだから軽んじたのかも知れませんが、私の夫はおそらく私の頼みとあらば、無碍なことはいたしません。

ロドリーゴ　あなたはご主人の信任厚い方ですからな。ご主人はあなたのことを敬い、あなたはそのご主人に相応しい女性となっている、だって十五年も前から慈善と贖罪に勤しまれている……　しかし……　もうロジェール・デ・リサーナが死んだことはご存じですかな？

マルガリータ　まあ！　ロジェールは亡くなったのですか？

ロドリーゴ　ええ、錯乱していてものも言えないのがその時の状態でした。不幸なことでしたが、身分相応ですな。ドン・ペドロの足下に倒れておりました、ちょうどそこに出くわしたのです。

マルガリータ　何とまあ！　あの不幸な方のことはまったく知りませんでした。

ロドリーゴ　あの不幸者は非行にも走っておりまして、ある高名なご夫人を堕落させました。

マルガリータ　ドン・ロドリーゴ様！

ロドリーゴ　テルエルのご夫人方の中でも一番尊敬されている方。

マルガリータ　気の毒に……　ロジェールが死んだのなら……

ロドリーゴ　ちょうど私の腕の中で息絶えたのです。私が彼の遺体を棺に入れたのですが、胸の辺りに手紙を何通か見つけましてな……

マルガリータ　手紙ですって！

ロドリーゴ　女からの……　五通……　いずれも署名なし。しかしあなたにお見せしましょう、そうすれば誰が書いたのか、言っていただけるでしょうからね。

マルガリータ　静かにして！　声を荒げないで！

ロドリーゴ　では、ご主人のところへ参りましょうか。あなたの筆跡はよくご存じですよね。

マルガリータ　ダメです！　私に渡して、破いて、焼き捨ててちょうだい！

ロドリーゴ　あなたにお渡ししましょう。しかしイサベルが私との結婚を承諾するのが先ですね。

マルガリータ　おお！

ロドリーゴ　ご機嫌よろしゅうに、奥様。

マルガリータ　待ってください、話を聞いて。

ロドリーゴ　話をしたいなら、手紙を見においでください。（退場）

マルガリータ　事情を、事情を聞いてください。（ドン・ロドリーゴの後を追って退場）

テレサ　私もすぐにドン・ディエゴ様のことを思い出しましたよ。お嬢様が想像していらっしゃるように、あちらにいたはずですよね……

イサベル　ええ。すぐにここへ呼んで。（テレサ退場）慈悲深い聖母様！　彼のことが聞けるなんて夢のようです！　おお！　パレスティナから来た男の話を聞いてみましょう。

第十場

アラゴン貴族の服装で男装したスリーマ、テレサ、イサベル

スリーマ　神のご加護がありますように。

イサベル　あなたにも同様に。

スリーマ　［傍白］（こいつが相手か。）

イサベル　外にいるよりこの部屋の方がよく休めるでしょう。

テレサ　この若者はね、お嬢様、遙か彼方の土地、エルサレムか、ホペか、ベツレヘムか、ユダヤか、そんなところから来たそうです。
イサベル　本当ですか？
スリーマ　はい。
テレサ　あちらでアラゴン人と出会っています。
スリーマ　テルエルの騎士と接しました。
イサベル　どの人？　誰？　誰だったの？　名前を教えて。
スリーマ　ディエゴ・マルシーリャです。
イサベル　あなたは神様のお使いです！　どこで別れたのですか？
テレサ　もう金持ちになっていましたか？
スリーマ　あちらで莫大な遺産を相続しました。
イサベル　でも、どこにいるの？
スリーマ　少し前までバレンシアのモーロ人国王の捕虜でした。
イサベル　捕虜ですって！　かわいそうに！

スリーマ　さほどではありません。国王の奥様、美しいスリーマ様の寵愛を受けておいででしたから。
イサベル　寵愛を？
スリーマ　ええ！　すごく！
テレサ　何とまあ恥知らず！
イサベル　じゃあ何よ！　それが理由で待っている人がいる所へマルシーリャは帰ってこないというの？
テレサ　もうモーロ人に帰化したのでは？
スリーマ　［傍白］（私も苦しんだんだから、お前も苦しめ。もう少し騙してやろう。）
イサベル　もっと話してちょうだい。
スリーマ　美しい王妃を恋人とするのを拒むことは簡単ではありません。ついに、マルシーリャは、彼女に対して、惨めな……
テレサ　でもね、さあ、最後までお話し……
イサベル　［傍白］（もう生きている気がしないわ！）

スリーマ　一部始終が国王様の知るところとなって、王妃は逃亡しました、盗賊の一味を味方にして、今この近くを跋扈している恐るべき集団の統領です。そしてマルシーリャは……

イサベル　どうなったの？

スリーマ　神様から寵愛を受けているようにお祈りください。

イサベル　死んだ！　イエス様、お助けください！（気絶する。）

テレサ　イサベル様！　イサベル様！――なんてことしてくれたんだよ！

スリーマ　［傍白］（このキリスト教徒の女は本当の恋を知っている。でも私はもっと知っているわよ、復讐することだってできるんだから。）

テレサ　お嬢様！――パウラ！　ヒメーナ！（スリーマに）水を持ってきておくれ、誰か人を呼んでちょうだい。

スリーマ　［傍白］（出て行こう。この知らせで諦めて結婚するだろう。）（退場）

テレサ　あんな悲しい知らせを伝えた忌まわしい奴の口を神様、奪ってください！……　でも、あの余所者は豚肉も食べず、ワインも飲まずで、自分のことは何も語らないのかしら？（水を持って二人の下女が登場）ここに早く、のろま。どこにいたんだい？　どれ、私にも水を。

イサベル　ああ、神様！　ああ、テレサ！

第十一場

マルガリータ、イサベル、テレサ、下女たち

マルガリータ　どうしたの？
イサベル　ああ、私のお母様！　もう戻って来ることはあり得ないの。死んじゃったのよ。
マルガリータ　誰が？　マルシーリャのこと？
テレサ　他に誰がいますか？
イサベル　私に不実だったことを悔いて死んじゃった。
テレサ　あるモーロ女が相手で、噂では醜くない女、バレンシアのちっぽけな国王夫人、この女がきっと彼を奪った張本人です。

イサベル　これまで糧にしてきた明るい幸せの幻想もこれで終わり！　芽生えたばかりで消えてしまう、魂まで持って行かれてしまう。あの不吉な使いの者はどこにいるの？　戻って来るように言って。

マルガリータ　そうね。私も探してみましょう……

テレサ　あんなことを知らせに来ただけだとすれば……　付いてきて。（テレサと下女たちが退場）

第十二場

マルガリータ、イサベル

イサベル　マルシーリャのことを忘れる日が来るなんて誰が想像したでしょうか？　何と恥ずかしいこと！　何と卑劣なことでしょう！　しかし、心に不安がなかったとしたら、それも何故のことでしょうか？　真実ではありません。そんなことあり得ません。バレンシアのスルタンの妃から寵愛を受けたのも、騙されたのです。ただ飛んで帰って来たいがために、つながれた鎖を外して、偽りの言葉でモーロ女に夢見させただけなのです。私の愛ゆえに殉教者となった彼は、神が住まう天上から、私にもすべきことを求めています。忠実な女として、私はその気持ちに報います。結婚の承諾は絶対にいたしません。初恋のまま、二夫にまみえず、墓穴に下ります。今は残った命で思う存分に泣きたい、誰もこの涙を責めることなどできません。アサグラの妻に、私はなりません。その前に死んでいるからです。

マルガリータ　そんな勇気はあるの？……

イサベル　ええ、不幸が私に力をくれます。

マルガリータ　お父様の命令でもですか？……

イサベル　嫌だと申します。

マルガリータ　それでも頼まれたら……

イサベル　嫌です。

マルガリータ　脅されたら……

イサベル　何度でもいいます、嫌です。頃合いを見計らって、私の髪の毛をつかんででも教会まで引きずって行く、身体に鞭を打つ、罵詈雑言を浴びせかける、餓死させようと回廊の一室に閉じ込める、こんなことはできるかも知れません、ええ。でも私の口から「はい」という嘘を言わせることはできません。

マルガリータ　分かった、分かったわ。あなたの勇気が……　私の支えです。［傍白］（聞く耳を持っていない。でもこの方がいい。）悪いのは潔白ではなくて、罪を犯したこと。いつまでも心を強く持つのよ、絶対に負けてはなりません、何が起きようとも。愛情のない結婚はおそらく新たな犯罪を生むのです。私はひとりの不幸な女性のことを耳にしました、むりやりに結婚の同意をさせられて、それで……　長く苦しんだあげくに……　貞淑な人生が嘘だったことを示したのです。もう何年も苦しみと贖罪の人生を送っています……　そしてついに、当たり前ですが、汚名にまみれたままで、命を絶つ時が来たのです。

イサベル　ああ、お母様！　私は何を口走ったのかしら？　忘れていましたが、その話で思い出しました、私の不幸に勝る大きな不幸があることを。

マルガリータ　イサベル、結婚しちゃダメ！

イサベル　はい、お母様。私の命はお母様に預けました。そうするように神様が命じられたのです、自然の理《ことわり》が命じました。

マルガリータ　娘よ！

イサベル　幸運にも、私の場合は、マルシーリャは死ぬ時に、愛のない心を、私が入り込む隙のない心を私に残しました。もっと幸運なのは、マルシーリャは離れている間に私のことを忘れて、私に捧げるべき愛を他の女に与えたのです。さらなる幸運は、アサグラが高慢な人間で、嫉妬深く、怒りっぽいことです。こんな私の涙や諍いは彼には耐えられないでしょう。辛抱するように自分に命じても、私にはできません。すると彼の方が怒り出して、私を殺すでしょう。

マルガリータ　恐くなってくるわ、娘よ、いっそのこと私を殺してちょうだい！

イサベル　私にも読まれると困る手紙があります。いつか見つかるかも知れません。

マルガリータ　おお！　あなたにもそんな手紙があったなんて！……

イサベル　このペンダントに肖像画があります。（ペンダントを取り出す。）こんな顔をしてらしたかしら？　描き方も知らず、練習もせずに、恋心だけに導かれて、初めて描いたのですが、あの方の顔にうまく似せて描けました。マルシーリャが居ない間の寂しさを紛らわせてくれました。もう必要ありません。でも見ない方がよかった。ああ！　この方に口づけさせてください、一度だけ……　これが最後です。預けます。お分かりですか？　心の禊ぎは済みました、今は心穏やかに落ち着いていています……　お墓のように。お母様も私の堅い意思と平穏な心をお持ちください……　もう一言も言わないで。お母様の名声は私次第です。お母様は名声を傷つけずにお守りください。私は結婚します。構いません、どんな苦労があろうと構いません。（退場）

第十三場

マルガリータ

マルガリータ　こうして私は、無実なイサベルに、自分のことしか考えていない残酷な私のせいで、死ぬことより辛い思いをさせることに同意しなくちゃいけないのかしら？　しかし、私の評判が崩れて、アラゴン中で偽善者だと、卑しい女だと罵られることに、どうすれば耐えられるのかしら？　評判がよかっただけに、私は悪い母親だと言われる。心から後悔して、すぐにすべてを諦めます。私の罪が暴かれたら、私ひとりが名誉を失うようにしましょう。しかし夫にはこれ以上ない屈辱をもって名誉を傷つけることになるでしょう。恋した不幸な我が娘！不幸になった我が娘！　名誉の掟という暴君を許しておくれ。（幕）

第三幕

イサベルの支度部屋、扉がふたつある。

第一場

イサベル、テレサ

イサベルが豪華な衣装で登場して、肘掛けイスに座る。横にテーブルがあって、その上に金属製の手鏡がある。テレサは仕えているお嬢様の支度を終えるところ。

テレサ　このお化粧でいかがですか？　ダメだわ、何も聞いていない。ご自分でご覧くださいって言ってるんですよ。鏡を取って。（イサベルに手鏡を渡すが、イサベルは機械的に手に取るだけで見ることもなく、手を下に下げてしまう。）そこじゃないですよ。いいですか、この花嫁衣装、素晴らしいでしょう！――ほら、素敵な首飾りをお付けしますよ！（イサベルは頭を下げる。）もう、頭を上げてくださいよ、イサベル様。これじゃあ、死人相手の葬儀屋ですよ。

イサベル　マルシーリャ！

テレサ　［傍白］（神様、この方をお許しください。）（大きな声で）さあ、終わりましたよ！　おきれいです。そうですとも、ここまで私は三十回も我慢してきたのですよ。

イサベル　私のお母様！

テレサ　奥様がいらっしゃらないのを寂しがるのは分かりますけど、もう申し上げたでしょ、家にはいらっしゃらないんです、だって奥様にとっては慈善行為が何よりも大事ですからね。今年の判事役が当たっているドミンゴ・セリャーダス様には異教徒の地にいる息子さんがおいでで、ハイメです、もうご存じですよね。今日ね、帰ってくるという連絡もなく、バレンシア街道で行商人が見つけたんですよ、怪我をしてて意識も失っていた状態でね。穴にでもはまったように顔中血だらけだったんで、穴にはめられたんだろうと思われました。で、そこから這い出るまでに、たぶん一日以上はいたんでしょうね、傷口がふさがってなかったんでね。あなたのお母様が呼ばれて、手当されています。お嬢様のお世話は私がすることになり、このように立派に仕上げましたよ。なのに、お召し物には一瞥もくれずに、お気に召したどうかも分かりません。

イサベル　気に入っています。これが最後の衣装ですから。

テレサ　お優しいイエス様の御名にかけて！　そんなことは神様が望んでおられません、心から愛しいイサベル様、神様の思し召しはそうではありません。むしろ、お嬢様に相応しい幸せが待っているでしょうに。でも、打ちひしがれていないで、お立ち直りください。もうすぐに結婚式の招待客が来られます、そうすると口をつぐんでいなければなりませんよ。

イサベル　（驚いて）もう何時くらいかしら？

テレサ　追っつけ、隣のサン・ペドロ教会で晩課の鐘が鳴る頃です。ドン・ディエゴ様がテルエルを出て行かれた時刻です。その時刻が過ぎるまで、ご主人様はあの約束の束縛から解き放たれません。

イサベル　そうね、今時分でした、ちょうど今時分に出て行ったのです……　戻ることなしに。

この部屋の、あそこのバルコニーに私はいて、編み物の上に涙をこぼしていたわ、今ちょうどこの晴れ着の上にこぼしているようにね。いつまでも通りを眺めていた、一目見ようとして、彼が通るはずだった通りを。今はもう見ない、だって会えないんだもの。ここを通る時、鎖帷子を着て、槍を手に持って、腕にはリボン、私が心を込めた最後の贈り物。幸せになるか、死んで墓に入るか、どちらかだと私に言った。あなたの妻になるか、死んでしまうか、どちらかですと私は返した。すると力が抜けて、バルコニーにそのまま座り込んでしまって、立ち去っていく魂の伴侶に両手を伸ばすだけ伸ばしていた。妻になるか死ぬか！　そして私はロドリーゴの妻になる。約束だけは果たしたわね。

テレサ　おやめなさいませ、そんな考えは捨ててください。私などがどう言ってお慰めすればいいのでしょうか？　あなた様がお生まれになる時から側に居て、腕の中であやしたり、膝の上で遊ばせたりしましたよ……　どんな言葉をかければ、あなた様が魂の平穏を取り戻して幸せになるのでしょうか、ああ！　私に残っている命の日々をすべて差し出しても構いません、ただあの方に会う一日だけ残しておいてくだされば。

イサベル　幸せですって、テレサ！　こんな衣装を着せられて、どうして幸せでなんかいられるのよ！　重いのよ、息が詰まりそう！……　脱がせてちょうだい、テレサ。（立ち上がる。）

テレサ　お嬢様、ドン・ロドリーゴ様がお見えです。

イサベル　ドン・ロドリーゴが！　早くお母様を探してきて。（テレサ退場）

第二場

ドン・ロドリーゴ、イサベル

ロドリーゴ　やっと我が両目があなたひとりの姿をとらえることになりましたな、美しい天使よ。いつもつれなく蔑まれたり、頑として慎んだままでしたから、こうした幸せに巡り会いませんでした。震えておいでですね。おかけになってください。

イサベル　ご主人様の前でございます。

ロドリーゴ　奴隷の前にいると仰った方がいい。愛の王国では美しさこそ君主です。

イサベル　偽りの君主です！

ロドリーゴ　私が忠実にもひれ伏してお仕えしているのを、疑われているとは思いませんでした。イサベル、あなたに早く私の心を開けてお見せしたいくらいですよ！

イサベル　何のためにですか？　きれいな心をお持ちなのは端々に見て取れます。

ロドリーゴ　不運な私の運命のために、私は魂の一部だけをお見せせざるを得ませんでした。アサグラという誇り高く、執念深い人間をご存じですね。ところがようやくもうひとりのアサグラを知ることになりましょう。どこまでも内気なあなたには想像もできないような人間をね。あなたを慕っているアサグラ、あなたにとってのアサグラを、お嬢様、あなたはまだご覧になっていない。我々二人には今ここで説明する方がいい。

イサベル　私の両親が命じることに、私はただ従うだけです。何も知ろうとは望んでいません。勝利を収めた人こそ何も語らないのが善なるかと。

ロドリーゴ　その勝利者があなたの前で苦り切っているのですよ、あなたがドニャ・イサベル・デ・セグーラとなるに相応しいことをお知らせしようと馳せ参じました。あなたを見て、あなたの中の美徳と美しさを崇拝し、私こそあなたに相応しいと判断して、一緒になろうと誓いました、どんな犠牲を払ってでもです。どんなに毒づいた口からもこれほど驚くような呪いを吐きかけられたことはありません。曰く、「お前にイサベルを妻にすることなどできるもんか」とね。すると私は「必要なら、彼女ために、国全体を敵に回しても戦うぞ」といつも大声で叫んでいましたよ。嫉妬に狂った私の怒りは家柄と名誉を傷つけても平気です。虎のような怒りを持って愛する……　それほど私の愛が大きいからですよ。決してあなたの愛は深くありませんが、私の名誉を失墜させるようなことはしていません。たぶん、六年間、あなたの口からはそんなことは聞いていません、まあ私に語っていないだけかも知れませんがね。不在のマルシーリャがあなたに書いた手紙を私はすべて読んでいます。彼は自分の肖像画を見ていませんが、私は見ました。あなたの側には、いつも私が送った番人がいました。日夜、あなたを監視するのが私の務めだったのです。戦場にいなくてもいい時はいつも、モンソン城を抜け出していました。毎夜月明かりに照らされてバルコニーに座るあなたを見て、疲れなど吹っ飛んでしまいました。これほどまでに敬われた恋人になれた女性はひとりもいません。期限付きで囚われの身になっているのを嫌がって逃げ出さないか、どこか汚点になるようなところはないか、それを私は探してきました。しかしその度にまた新たに好きになる理由を見つけてしまうだけでした。いつかこちらになびいてくれるという甘い考えにほだされて、うれしい瞬間が来るのを六年前から待っているのです、がまだその日が来たとは申しません。とは言え、もしかすると、おそらくそう遠くはないのではないかと踏んでいます。

イサベル　何ですって！　恋人が亡くなったら、私の情熱も冷めるとお思いなのですか？　違います。ただ生きながらえるだけです。

ロドリーゴ　それならば、イサベル、愛しなさい、構わずに大声で仰いなさい。そんなにも愛を忠実に守っているからといって、私には辛いことではありますが、だからといってあなたに辛く当たることはないでしょう。しかしもしあなたがその深い愛情を、こんな表現を避けることもしませんが、その気持ちを持ち続けなければならないのであれば、私はね、我が幸せよ、あなたの夫だという名前だけでいいのです。その名前以上は何も要りません、そして望むこともお願いすることも止めます。私の幸せのすべては、人が私を彼女の主人だと思っている、そう言われることだけでいいのです。部屋も別々にしましょう、夜の床も一緒にはしません……もっと離れる方がいいですか？　では、あなたはテルエルに暮らしなさい、私はアラゴンの宮廷で暮らします。私の家に暮らしてもひとりが寂しいと心配ですか？　ならばご両親を一緒に連れて行きなさい。家もご近所の方々もすべてまとめて引っ越しするのです。あなたの許しがなければ、私はその神々しい目を見ることもしません……　ああ！　たまには許しもいただきたいものですがね。もしイライラして胸が張り裂けそうだったら、速やかに宴席でも、舞踏会でも、馬上槍試合でも用意させましょう。もし涙が止まらないのなら……　愛しい人よ！　泣かれるとどうすればいいのでしょうか？　それは困る、生涯で泣いたことがないものでね。あなたと私、哀れな二人でも、心を広く持てば、苦しみを減らすことはできます。さあ、結婚しても、私を嫌い続けることになるのかも知れませんか？

イサベル　ドン・ロドリーゴ様！　ドン・ロドリーゴ様！（すすり泣きながら）

ロドリーゴ　泣くのですか！　それは友達としてはお認めくださったからですか？　あなたに嫌われていることで、私は酷い罰を受けませんでしたか？

イサベル　おお！　いえ、いえ。私の心は嫌いになることで動悸が激しくなったりはしません。

ロドリーゴ　あなたが悲しむ姿を見ても、私には分別に訴えること以外どうすることもできません。もはや考え方の問題です。二人にとって不幸な結婚式にならざるを得ません。それでも周囲がざわつく醜聞になるでしょう。しかし私があなたに捧げている愛はこんなにもあなたに相応しいのですから、神様が深慮の末に今日奇跡を起こしてくださるかも知れません……　犠牲者がひとり出ますがね。昨日に不吉にも私の恋敵が生き返っていたら、容赦なく殺しているでしょう、そして剣からしたたる血もぬぐわず、あなたを連れて墓石に入ることでしょう。今日ならば、生き返ろうがどうしようが、あなたが結婚の承諾の証しである「はい」を言う前なら……　彼の勝ちだ。

イサベル　いいえ、あなたがこの弱い女に勝利を収めるのです！（泣いて息が詰まり、声がしばらく出なくなるが、その後でドン・ペドロと付き従った者を見ると気持ちを抑えて、叫ぶ。）おお！

第三場

ドン・ペドロ、ドン・マルティン、貴婦人たち、騎士たち、小姓たち、イサベル、ドン・ロドリーゴ。後からテレサ登場。

ペドロ　新郎新婦、お前たちの結婚を祝福しようと司祭様が教会でもうお待ちかねだぞ。私の身内もアサグラ家の方も早く式を始めるようにせっついておる。まあまだドン・ディエゴに与えた期限は過ぎていないがな。ある日曜日の晩鐘と共に夢叶わなかったあの若者が故郷を後にした、六年と七日前のことだ。我が耳にあの鐘が聞こえるまでは娘を嫁がせる権利はない。（ドン・マルティンに）約束をちゃんと果たすところをご覧いただくために、あなたにも無理を言っておいでいただいたのです。

マルティン　無用な心遣いでしたな！　待つ必要はありません。息子が故郷のふところに抱かれて、約束を果たすことはないでしょう。

イサベル　［傍白］（かわいそう！）

ペドロ　誓い通りに彼は墓の中から見ていることだろう、私が生きている限りはな。（テレサが登場）

ロドリーゴ　イサベルは母君にも同席してもらうのを望むでしょう。判事様の館に立ち寄ることができればいいのですが。

テレサ　ようやくあの負傷者が意識を取り戻しました。晩鐘を待たずに奥様が教会から姿を消したのは、結婚式には参列できないという意味です。そう仰せつかって参りました。

ペドロ　聖堂で待つことにしよう。（ドン・マルティンに）お辛いでしょうが、差し支えなければ、一緒においでください……

マルティン　申し訳ないが、式典への参列はお許しください、あまりにも辛いので。

ペドロ　ご安心ください、鐘の音が聞こえるまではイサベルの結婚は認めません。ここにいる殿方が、期限が完全に切れるまで待ったことの証人となってくれることでしょう。出発しよう。

イサベル　［傍白］（私が幸せを失った館よ、永遠にさようなら！）（ドン・マルティンを除いて、全員退場）

第四場

ドン・マルティン

マルティン　残念だが、イサベルが祭壇へ向かうのを見ることは辛い。一時は我が娘と思っていたが、今やその気持ちも奪われて、彼女も同意している。しかし惨めな骸となった息子に何ができるというのだ、愛した女の心変わりを責めることなどできるというのか？　影となった息子が涙を流したいのなら、私の涙で補うことにしよう！

第五場

アデル、ドン・マルティン

アデル　キリスト教徒よ、マルティン・マルシーリャを探している、ここに居ると聞いて来たのだが。貴殿か？
マルティン　さよう。
アデル　ご子息のことで何かご存じか？

マルティン　モーロ人か！……　死んだとだけ。
アデル　その知らせは……　誰からお聞きになった？
マルティン　見知らぬ若者からだ。
アデル　どこに居る？
マルティン　もうテルエルにはいない。私は直接会っていないのだ。
アデル　ハイメ・セリャーダスはどうなった？
マルティン　村へ入った時に酷い傷を負って病の床にいるが、まだ話すこともできないし、意識も戻っていない。
アデル　では何も知らないのか？
マルティン　何を知らせたいのだ？
アデル　調べがついているところでは、男の格好をしてテルエルにスリーマ、つまりバレンシア太守の皇后が入り込んだのだ。
マルティン　息子が死んだ原因となった女のことか？
アデル　彼が拒んだので、皇后の方が仕返しに嘘をついたのだ。

マルティン　嘘だと？
アデル　ご老体！　主に感謝せよ、ご子息はまだ生きている。
マルティン　全能の神よ！
アデル　ご子息はバレンシア太守の命を救ったのだ、裏切り者が殺害しようとしたところをな。太守はありとあらゆる褒美と名誉をお与えになった。ある戦闘で傷を負ったので、回復するまで歩くことさえままならなかった。ハイメが来たのも早く彼の帰還を告げるためだったのだ。ついてきてくださらい、貴殿がマルシーリャを腕に抱くまで休まずに走りますから。（退場）
マルティン　（両手を天に挙げ、喜びに打ち震えて）主よ！　主よ！

第六場

マルガリータ、ドン・マルティン

マルガリータ　（舞台裏で）イサベル！　イサベル！（登場して、アデルと一緒に立ち去ろうとしているドン・マルティンに気が付いて）ドン・マルティン……
マルティン　（立ち止まって）マルガリータ、実は……
マルガリータ　先に私の話を。ハイメ・セリャーダスが……
マルティン　ご覧のこのモーロ人は……
マルガリータ　気が付いたのです。
マルティン　バレンシアから来たのです。
マルガリータ　ハイメもです。
マルティン　息子は生きているんです。
マルガリータ　ハイメもそう言っています。早く、あの結婚を止めさせるのです。（その時、晩鐘が聞こえる。）
マルティン　ああ！　もう遅い。
マルガリータ　神様は私の犠牲もお受け入れくださらなかった！
マルティン　不幸な息子よ！

マルガリータ　大切な私の娘よ！（両者退場）

第七場

テルエル近郊の森

マルシーリャ、木にくくり付けられている。

マルシーリャ　卑しい山賊め、俺を騙しやがった、いっそのこと俺の血で剣を染めるがいい。哀れんでくれるくらいなら、早く殺してくれ。——誰も来ない、誰にも俺の声は聞こえない。声がこだまするだけで、俺の苦しみをあざ笑って、もてあそんでいるようだ。俺は部下たちを追い抜いてしまった。あまりにも歩くのが遅いので苛ついたからだ。俺がいだいていたのは恋心だけだったが、彼らは財宝をかかえていたからな。——モーロ人の国王が俺にくれた豪華な財宝は、お前たちの手にくれてやる。欲しい奴が取ればいい。しかし時間は過ぎていく、もう一日が終わってしまう。俺のイサベルよ、何を思い描いていくのか？　愛しい俺の偶像よ、かわいそうなディエゴを抱きしめることだけを期待しているのに、期限が過ぎていき、なのにこの俺は帰ってこない、その状況を見て何を考えるだろうか？　しかしハイメから知らせを受けている者が俺の家には誰かいるだろう。俺が来るのが遅いのに困り果てている者が、すぐにでも……　そうだ、誰かが近づいて来る。誰だ？

第八場

男装したスリーマ、マルシーリャ

スリーマ　私だ。

マルシーリャ　天よ！　スリーマか！　お前がここにいるとは！［傍白］（恐ろしい予兆だ！）

スリーマ　テルエルの住民が急いでやってくるぞ。私よりもお前を助けたい者たちだ。私がわざわざここへ来たのは、イサベルはもうドン・ロドリーゴの妻だと伝えるためだ。

マルシーリャ　大いなる神よ！　いや、違う。騙そうとしているんだな、嘘つき女め。

スリーマ　サエーンがテルエルから今戻って来たが、お前があれほど望んだ女が結婚を承諾したのをサエーンが見てきているのだ。

マルシーリャ　作り話などしても無駄だ。お前は知らないのだ、俺が近く戻ることは使者が先に伝えている。

スリーマ　お前こそ知らないのだ、弓の名人がその使者より先に街道へ出て、お前の画策を失敗に終わらせているんだ。私自身がイサベルと話をして、私自身がお前が死んだことを伝えたのだ。そして山賊たちに命令して、お前の到着を遅らせたのだ。私はな、イサベルの結婚式が執り行われたことを伝えに来ただけだ。

マルシーリャ　ならば、もう遅いというのか？

スリーマ　私をよく見ろ、疑う余地があるかどうか。国王がお前に与えた褒美も無駄になったな。逃亡した私の方が私の夫たる国王よりも大きな役割を果たしたのだ。私は愛情をお前に捧げた、富も名誉もだ。そしてお前のために信仰も地位も犠牲にした。しかしお前は不実にも私の恨みを買うことを選んだ。残酷にも私を侮辱した、だから残酷な仕返しをしたのだ。さらば。この別れに免じて、とりあえずお前の命は残しておいてやる。堅い木につながれて、イサベルが他の男の腕に抱かれるのを想い描いて苦しむがいい。（退場）

第九場

マルシーリャ

マルシーリャ　悪の権化め、お前の声は地獄の唸りのようだ。戻って来い、そして今俺が聞いたことは全部が嘘だと言え。（縄を解こうともがく。）きつい結び目だ、どうして俺に逆らうのだ？鉄をも壊した者が縄につながれているとは！　俺の力が弱くなったのか？　ああ！　ダメだ。我が運命をもてあそんだ女よ、お前が嘘をついてないとすれば、俺の命はあと僅かしか残っていない。しかし神よ、今すぐにでも命果てるのを許し給え！

第十場

アデルが上方から下りてくる。マルシーリャ

アデル　この辺りで人声がしたようだが。山賊たちが谷を渡って、スリーマを連れて馬で駆けて行った。俺は何が何でもあの女を捕まえてやる。近くに仲間がいるかどうか調べてみよう。

マルシーリャ　そこを行くのは誰だ？

アデル　これはマルシーリャの声だ。（大声で）ここだ！　皆、こちら側だぞ！（退場）

第十一場

ドン・マルティン、騎士たち、召使いたち、マルシーリャ

マルティン　（舞台裏で）いたぞ。
マルシーリャ　父上！
声　（舞台裏で）いたぞ。
マルシーリャ　父上！
マルティン　（舞台裏で）息子だ！　昇れ、走れ、早く。すぐに紐を解け。
マルシーリャ　解いてくれ、聞きたいことがある……（マルシーリャの縄が解かれる。）
（騎士たちと召使いたちが登場）
マルティン　（登場しながら）愛しい息子よ！
マルシーリャ　父上！
マルティン　とうとう見つけたぞ。
マルシーリャ　教えてください……　もう遅いのですか？　僕はそんなことはないと思いたい……　僕の不幸は確かなのですか？
マルティン　わしが流している涙がその答えだ。大切な息子よ、お前が生まれた時、その額に熱く焼けた鉄が不幸の刻印をしたのだ、かわいそうな父親はお前と会うために生きてきたが、苦しい思いでこの腕にお前を抱くぞ。誰がお前の到着を邪魔したのだ？

マルシーリャ　天の御心か……　地獄の沙汰か……　どちらか分かりません……　生来の悪人たちが……　ひとりの女が……　お許しください。

マルティン　太守の奥方か？　わしが連れて行った戦士とまみえて、卑怯にも逃げたあの山賊たちか？　怪我はないか？

マルシーリャ　お陰様で！

マルティン　奪われたものはないか？

マルシーリャ　何も失っていません。ただ希望だけを失いました。

マルティン　残酷な運命だ！　生死を分ける鐘の音が終わりを告げようとしていた時……

マルシーリャ　あの女豹が私の死を告げたのです！

マルティン　知っていたのか？

マルシーリャ　あの女から聞きました。

マルティン　恐ろしいことだ！　ちょうどその時だった、意識を取り戻したハイメが裏切りの知らせが嘘だと教えてくれた。わしは急いで聖堂へ行って伝えようとした…… わしは目を疑い、声が出なかった…… もう結婚式は終わっていたのだ！ お前は幸せを失った…… 神がそのように望まれたのだ…… しかしだ、まだお前の不運を嘆いて涙を流す両親は残っているぞ。

マルシーリャ 他の人がいくら苦しんでくれても、僕の苦しみは和らぎません。幸福を奪われた魂にぽっかりと開いた穴は何を持って埋めればいいのか？ 父上！ このマルシーリャにとってはイサベルがいなければ、この世に何もないのと同じです。ですから苦しみで乱れた心の中では血を求める野蛮な欲望から逃れられません。疲れ果てるまで川に血を注ぎたい。そして流すものがなくなれば、短剣で血管を切ればまた血はほとばしるでしょう。

マルティン 息子よ、怒りを抑えるんだ。

マルシーリャ 誰が僕のことを息子と呼ぼうとするのですか？ この名前があるからでしょう！ 不運は人と人の結びつきを壊し、命と美徳も壊します。いざ、恋敵よ、あのモーロ女よ、震え上がるがいい。勝ち誇ったと思うのも束の間だ。二人を葬るにはまだ遅くはない。

マルティン 不憫な奴だ！ 何をしでかすのだ？

マルシーリャ　罪には罪で仕返すのです。一匹の蛇が僕の足に絡みついて、地獄のような喉へ片足を飲み込もうとしている。ある恋敵が僕をイサベルから引き離した。消えてもらおう。
マルティン　息子よ……
マルシーリャ　死んでもらおう。
マルティン　ダメだ……
マルシーリャ　我が名よ、呪われてあれ、忌まわしい恋敵の血を流せぬならば！
マルティン　歯止めが利かぬようだ……
マルシーリャ　我はマルシーリャなり。
マルティン　多くの親戚も列席していたんだ……
マルシーリャ　僕の怒りは僕自身に向かっているんだ。
マルティン　結婚の秘蹟は敬うべきだ……
マルシーリャ　神への冒涜、裏切りだ。
マルティン　神の御前にてなされたことだぞ。
マルシーリャ　僕がその場にいたら結婚などさせない。（幕）

第四幕

ドン・ロドリーゴ邸でイサベルにあてがわれた部屋。観客から見て左手にドアがふたつあるが、ひとつは舞台奥にある。一方、右手には面格子が付いていない窓がひとつある。

第一場

ドン・ペドロ、ドン・マルティン

ペドロ　騒ぎはもう収まった。

マルティン　村人もすぐに落ち着くはずだ。サエーンは牢屋にいる、他の山賊と一緒にな。

ペドロ　命を救えたのは奇跡だった、捕らえたことよりも大事なことだ。
マルティン　それにおそらく捕まえることなど必要なかったのだ、期日に間に合って着いてさえいればな、王から息子への褒美を持ってバレンシアから来たモーロ人たちが間に合ってさえいたら。金銀財宝も無駄になってしまった！　罪作りな者に天罰が下ればいいのだ！
ペドロ　ええ、その通り。今夜、判事と娘の婿がいるはずの市役所へ二人していく前に、ドン・マルティン、二人だけで少し相談しておくのはどうですか？
マルティン　構わんが。
ペドロ　この館にスリーマがおります。
マルティン　モーロ人たちが言った通りだな。
ペドロ　この通りで村人が群れとなって囚人たちに襲いかかったが、その争乱の中で自由になった彼女はこの辺りの扉に身を投げて、中に入り込んだという次第だ。
マルティン　ドン・ロドリーゴのお陰で命拾いしたのだな。
ペドロ　そこまでは申さぬが……　何しろ現場を見ておらぬので。
マルティン　私は、今となっては、ドン・ロドリーゴを悪く言うつもりはない。ただ、彼はあのモーロ女に感謝してもしきれないはずだ。あの女のお陰でイサベルと結婚できるのだからな。
ペドロ　恨みを持たれるのも当然だ。しかし私は、あなたの敵だったが、今はあなたを必要としている。
マルティン　ここに控えているではないか、ドン・ペドロ。
ペドロ　あなたは人格者だ。あの女のことで我々はとてつもなく困っている。もうご存じのように、モーロ人たちがどうしてもあの女の引き渡しを懇願しておるのだ。
マルティン　判事が裁定を下す間に、この館の周りをモーロ人が取り囲む。
ペドロ　では、あなたと私の間でテルエルを危険から救い出そうと望まれるのか？
マルティン　望まなければ罪となろう。
ペドロ　村会議でスルタンの妃の引き渡しを当然のごとくに拒否するならば、バレンシアの国王を敵にまわすことになり、我々に深刻極まる損害を与えかねない。
マルティン　で、その女から我らが受ける損害の方は深刻ではないのか？
ペドロ　しかし、相手は女で、我らはキリスト教徒であり、騎士でもある。
マルティン　話しの先を続けてくれ。

ペドロ　今すぐ女が逃げられるように仕組めば、妥協は回避できる。
マルティン　それはいい。——どれほど辛い思いで復讐を諦めるのか、神の胸のみに秘められんことを。やり方を説明してくれ。
ペドロ　口実を設けてモーロ人をここから連れ出して欲しい。あなたの顔を知るものはいないだろう。
マルティン　だと思う。
ペドロ　後は簡単だ。彼女を救い出したら、自力で逃げたんだと触れ回ればいい。
マルティン　では、いざ。我が不幸を引き起こした者のひとりに手を差し伸べるのだから、もうひとり増えたところで構わん。この邸宅の主であり、イサベルの夫となる幸せ者に伝えてくれ、この最中でも彼の身の安全を心配しておることを。わしの息子は情け容赦なく、怒りに震えて、彼を探してテルエルを歩き回っている。だから、とんでもないことだが、あのように傷ついているからには、若い息子には復讐する力が有り余っているのだ！……　失礼する。さらばだ。あなたたちに喜んでもらえるように、息子を探しだして、我々二人が生きていても仕方がない場所から遠く離れたところへ今夜中に連れ出すことにする。（客席により近い、左の扉か

ら退場）

ペドロ　神のご加護を。――不幸な父親だ！　しかし我々はこれでいいのか？　イサベルのことを思うと身が震える、ことのすべてを知ってしまった時にどう思うかだ。

第二場

テレサ、ドン・ペドロ

テレサ　（舞台裏で）助けて！　追い回されているの！（登場）

ペドロ　テレサ！　どうした？　誰に追われているんだ？

テレサ　地獄の魂……　煉獄かしら……　どちらか分かりません。でも、見たんです、声が聞こえたんです……

ペドロ　一体、何が起きたんだ？

テレサ　ああ！　驚いて死にそうです。ああ！　イサベル様が急いで探してくるようにと仰って、お母様のことです、どうしてか知りませんが、病人の家から戻って来られましたので。で、もう少しで家に着くところで、狭い通りにいるのを見たんです、崩れた庵の近くで……　イエス様！　ひきつったまま帰ってきました。

ペドロ　何を見たのだ？　言ってみろ。

テレサ　幽霊です、亡霊です、全身がそっくり、全身が、あのかわいそうなドン・ディエゴ様に。

ペドロ　静かにしろ。イサベルに聞こえると困る。娘には黙っているのだぞ。マルシーリャは戻ってきている、しかし娘はそのことを知らないのだ。

テレサ　でも、本当に死んでないのですか？

ペドロ　他にありうるのか？

テレサ　ああ！　また不幸なことが起きるかも。

ペドロ　どのような不幸だ？

テレサ　確かなことは言えません、取り越し苦労かも知れませんから。でもですよ、私には死人が新郎の腕をつかんで連れて行くように見えたのです。

ペドロ　何を言うか！

テレサ　まだあの声が耳にこだましているんです。恐ろしい悲鳴をあげてこう言ってました。「お前は死ぬのだ、死んでもらう。すぐに決着をつけるぞ。」ドン・ロドリーゴ様がこう応えていました。呪いと脅し文句を言いながら、二人は墓地への道を駆け抜けていきました。ご主人様、私はすぐに救いと主の祈りをラテン語で唱えたくらいです。

ペドロ　出会ってしまったか、決闘するのであろう。ぐずぐずしてはおれぬ。

第三場

イサベルが左側の奥の扉から登場。ドン・ペドロ、テレサ

イサベル　お父様！

ペドロ　ここで待っておれ、すぐに戻る、お前の母親と夫を連れて。テレサ、来い。（二人退場）

イサベル　これはどういうこと？　お父様が私をひとりにするなんて、何か秘密がありそうなモーロ人が私と話したいと言っているのに！　きっとここで不思議なことが起きているんだわ。（奥の扉へ近づく。）お入りください。顔を見たら身体が震えるわ。

第四場

アデル、イサベル

アデル　キリスト教徒よ、掟に従った貴婦人の中の輝かしい名誉よ、バレンシア国王の名において、乞い願いたいことがある。

イサベル　私にですか？

アデル　ご存じでしょうか、太守の不実な奥方であるスリーマが都を抜け出して、制裁から逃れようとしていることを。
イサベル　はい。
アデル　我が主君はその奥方を罰するべく勅令を出しましたが、イスラム教徒の公平さを持ってマルシーリャに褒美が与えられました。
イサベル　褒美ですって！……　残酷な方ですね、彼は残忍な殺され方をしたのを知らないのですか？
アデル　きっとあなたは彼が私のようにテルエルへ入ったのを見ていないのですね。
イサベル　マルシーリャがテルエルにいるのですか？
アデル　そうです。
イサベル　嘘をつかないでください。
アデル　嘘をつくのは下手な方です。誰に聞いてもらっても構いません。嘘だったら命を差し出します。
イサベル　あり得ないわ。ああ、でも、不幸なことなら、あり得ないことは何もありませんから。
アデル　町が騒然として、至るところであなたの名を呼んでいますよ。

イサベル　永遠の神様！　私たちは何て不幸に生まれついているのかしら！　彼はいつ着いたのですか？　どうして私には誰も言ってくれなかったですか？　それに、あなたはどうして私にそれを伝えたのですか？

アデル　理由は、私が知る限りで、おそらくあなたがまだ深刻に悩んでいるからです。

イサベル　マルシーリャを失ったからには、もう私にはどんな幸せを失うことがありましょうか？

アデル　深い嘆きとともに恋人との再会を願う気持ちの強さが伝わってきます。しかしあなたが何も恐れなくとも、もう少しあなたに聞いていただきたいことがあります。マルシーリャは我が国王のお命を反乱を起こしたモーロ人から救い、国王は彼にあふれんばかりの宝物を下賜され、ここに彼を送り届けたのです。しかし彼が蔑んでいた節操のない不実な女は……

イサベル　おお、そうだったのね！

アデル　その女は彼に腹を立てて、先にこの町へやってきて、復讐すべく嘘の結末を語ったのです。

イサベル　あの女だ！

アデル　山賊の群れを使ってマルシーリャをテルエルの手前で引き留めたのです。そこへ我々が武装した部隊を連れて素早く駆けつけると、彼は木の幹に縛り付けられていて、大声で助けを求めていました。
イサベル　モーロの方、やめてください、それ以上は。
アデル　もう少し聞いてください、あなたも知っている方がいい。逃亡した太守の奥方はあなたの家にかくまわれていました。この館です。
イサベル　ここに恋敵がいたのですか！
アデル　あなたの御主人が彼女を自由にしました。
イサベル　私が住んでいるところに彼女がいたなんて！
アデル　あの女の短剣に気をつけてください。バレンシアでもマルシーリャを嫉妬から殺そうとしましたから。
イサベル　ご忠告に感謝して以後気を付けます。
アデル　総督である国王が出したばかりの宣告をご確認ください。あの性悪女がいる限り、あなたは永遠にマルシーリャから離れて生きるべきです。あの女はあなたにドン・ロドリーゴとの忌まわしい結婚を押しつけた張本人です。だからあの女は夫君である国王が用意した場所へ、私も協力しますから、送り返しましょう。それが侮辱を受けた女に相応しい罰です。

イサベル　分かりました、モーロの方。すぐにここから出て行ってください。庇護特権など何の役にも立ちません。あの女は迫害された猛獣として私の家に入り込みましたが、ならば狩猟家の下へ差し出して、どこでも好きなところで仕留めてもらいます。彼女に情け心を見せるのはほとんど狂気の沙汰です。髪をつかんででも引っ立てるように命令します。私が失ったものを失った女性が皆、この怒りを理解してくれますように。イエス様！　今日のことを思い返すと……　何度でも神様に感謝します！　涙を見せても、女であることも、美しいことも、王妃であることも許す理由にはなりません。あの女が私をこんなにも不幸にしたのです！　こんなにも、酷すぎる！……　教えてください、あなたの王様はあの女にそのような刑罰を強いるのでしょうか？

アデル　火炙りの刑があの非道な恋心を消すだろうと。

イサベル　恋心とは！　淫らな横恋慕です！　しかし恋とは……

アデル　これで、他にお答えすることはありませんか？

イサベル　私の恋人は愛するに足る人です！　彼を見たなら、すぐに好きになったはずです。でも私はずいぶんとお顔を見ていない……　それにもう会うこともできません！　モーロの方、ご所望の女を引き渡すことは断ります。私はあの女に火炙りよりも酷い刑罰を与えて、苦しめたい。敵意をむき出しにして私の心を引き裂いたのですから……　でもこれでは魂が私を許さない……　私は彼女をかくまい、彼女を許します。（退場）

第五場

アデル

アデル　絶好の機会を失った。こういう時に人は普通すぐに行動に移すが、信仰ある者ならば公平な行動を取るだろう。この件からは俺は喜んで手を引きたいが、総督のご命令だから、従わないわけには行かない。（退場）

第六場

マルシーリャが窓から入って登場。

マルシーリャ　庭があって……　窓があって……　それから彼女が顔を出す。扉が開けてある庭に窓も見つけたが、しかしイサベルはどこにいるんだ？　慈悲深き神様、私を正気のままで保ってください、冷静ではいられないのです。私の命も取り上げないでください、苦しみとの闘いで疲れ切っているように見えますが。今日で七日経つが、あの広間にいた時は何という幸せ者だったことか！　傷口からはまだ血が流れていた、本当に。しかし俺の豪華なベッドの周りに騎士たちも民人も国王様まで集まって、幼い頃からの俺の恋物語を聞いてくれて、もらい泣きと祝福の中で「イサベルはお前の妻になるんだ」と臣下も王も一緒に叫んでくれた。今日はもう傷口は痛まないし、右手にはダマスカス製の剣が光り輝いている……　奴を連れてこなかった……　でも少し前まで二人が一緒にいるのを見ていたんだ！　テルエルに凱旋したことを除けば、俺の魂が耐えているこの苦悩は何なのか、残酷な宣言がなされた今となって、イサベルに会えるのだろうか？

第七場

イサベル、マルシーリャ

イサベル　ようやくお母様がスリーマの世話を引き受けてくれたわ。

マルシーリャ　何ということだ！

イサベル　何ということ！

マルシーリャ　イサベルではないのか？

イサベル　あの人だわ！

マルシーリャ　恋い焦がれた宝物だ！
イサベル　マルシーリャ！
マルシーリャ　我が栄光よ！
イサベル　どうして、ああ、どうしてここに足を踏み入れるようなことをしたの？　誰かに見られたでしょうに……　何のために来たのですか？
マルシーリャ　どうしよう……　言葉が出てこない。しかしマルシーリャが急いでイサベルに会いに来ただけでは足りないのか、君と会いたい、会わねばならぬ、会う必要があるのに？　おお！　僕の目にはとても美しい姿に見える！　こんなにきれいで、あでやかでいたことは今までにない……　しかし表現できない悲しみを感じるのはその宝石、そのドレスだ。そんなものは捨ててしまえ、僕の愛しい女。つましい毛糸の服に僕の家の庭で育った無垢の花が乙女の君をまた飾るんだ。僕の恋心はその豪華な衣装に驚いている。
イサベル　［傍白］（かわいそうな人が戯言を言っている！　彼の苦しんで呆気にとられた眼差しには耐えられないわ。）衣装が何を表しているのか分からないのですか、見ればどうしてもあなたを悲しませてしまうこの衣装が？　私たちはもう関係が切れているのよ。

マルシーリャ　天の力よ！　そうだ。忌まわしいことだがその通りだ！
イサベル　私はもう人妻なのよ！
マルシーリャ　知っているよ。遅かったんだ。幸せを見つけて、両手を伸ばして触れようとしたら消えてなくなった。
イサベル　私は騙されたの、あなたが死んでしまったとか、他の女性に心変わりしたとか聞かされて。
マルシーリャ　恐ろしい恥辱だ！
イサベル　私は死ぬことも考えました。
マルシーリャ　君が生きているから、君の命と僕の命はふたつでひとつだから、僕を支えてくれている命は、どうして君なしで君から離れることができるのか？　ここで二人一緒になって喜びと苦しみをもたらす賢明な結婚を捨て去って、人生の終点で一緒に天上の住まいを見ることこそ僕らのすべきことなんだ。
イサベル　おお！　神様に聞こえたら大変よ！……
マルシーリャ　イサベル、いいかい、僕は嘆きに来たのではないんだ。そんなことは無駄なことだ。君にさらなる節操の約束を取り付けるべきだなんて言うために来たのでもない。朝日がバルコニーから僕らを引き離した最後の夜に、無原罪の聖母に祈願して、僕にしてくれた約束を果たして欲しいなどとも言わない。「あなたの奥さんになる！（君は泣きじゃくって言ってくれた）、さもなくば神様にお仕えします！」と。うれしい言葉だった、僕の苦しみをいつも慰めてくれた言葉だった、アジアの焼け付くような砂漠の中でも、捕虜生活を強いられている時もそうだった！　今日、君は僕の妻でもなく、神に仕えてもいない。だから言ってくれ、心の内を（これが知りたいんだ）、君の心変わりという不幸な驚異はどうして生まれたのか？何か原因があるはずだ。

イサベル　あります。

マルシーリャ　大きな原因だな。

イサベル　力強い、打ち勝てないものでした。私のように恋していた女は結婚しなくても、人の力よりも大きな力に身を委ねます。

マルシーリャ　早くそれを教えてくれ、さあ、早く。

イサベル　できません。知るべきではありません。

マルシーリャ　知るべきだ。

イサベル　いいえ。

マルシーリャ　すべて言ってくれ。

イサベル　何も言えません。しかしあなたも私だったなら、結婚の首木に大人しくつながれたことでしょう。

マルシーリャ　僕はそんなことはしない、イサベル、絶対に。マルシーリャは王妃の誘いも断って死に立ち向かうことができた、それが原因で本当に死にかけたが、理由は言わないでおく。

イサベル　［傍白］（お母様、助けて！）

マルシーリャ　返事をしてくれ。

イサベル　［傍白］（何と言えばいいのか？　本当のことを言わねばならないのかしら……　だって私に非があるのだから。）どうしてそうならねばならないのですか？　私はもう前の私ではありません。許してください……　不実な女だと責めてください、（泣き出す。）殺してください、それで気が済むなら……　ここにひざまずきます、ひと思いに殺してもらうために。

マルシーリャ　僕の愛しい女《ひと》よ、そんなことは言わないでくれ。僕こそ君の足跡に口づけすべきなのだ。立ち上がってくれ。その星のように輝く君の目を曇らす涙は後悔からの涙ではない。それは愛情ゆえの涙だ、僕には分かるんだ、心変わりしない愛、陰ひなたなく、穢れもなく、熱烈で、燃えるように熱い、僕の愛と同じだ。そうじゃないかい、イサベル？　率直に言ってくれ。君からそれを聞くことに僕は命をかけているんだ。

イサベル　あなたのイサベルの言う通りにすると約束できますか？

マルシーリャ　酷い女だ！　君が喜ばないようなことを僕がいつしたと言うんだ？　僕の意思は君の意思ではないのか？　気持ちを落ち着け、話してくれ。

イサベル　誓うと言って。

マルシーリャ　誓う。

イサベル　ならば……　私はあなたを愛しています。もう帰って。

マルシーリャ　残酷なことを！　その言葉の心地よさに毒ある苦渋が混じってなければ、うれしさの余りに僕が死んでしまうとでも思ったのか？　追放と愛のようなふたつの正反対の意味持つ言葉をどうして続けて言うことができるのか？

イサベル　見ての通りよ、もう私は私のものではないのよ。私に名誉を預けた男のものであって、彼には忠実でなければならないの。私たちの恋愛は美徳のお陰で汚れなく続きました。これからも純血の毛皮をまとっておきましょう。ここには茨があり、天上には栄光のシュロがあります。私の愛情はあなたに捧げたもので、これからも変わりません。あなたの姿はいつも胸の中に映っていて、その姿を敬い続けることでしょう。それは約束しますし、誓いもします。しかしさっさと消えて欲しい。あなたから私を自由にして欲しい、気高い心をもって欲しい、あなたも私から自由になってください……

マルシーリャ　もういい、充分だ。僕がここから消え失せて欲しいのか？　分かった、これでお別れだ。勇気を持って……　別れよう。君への愛ゆえに喜んで抱きすぎた苦しみの、思い出でなければ、償いとして、僕のイサベルよ、一度僕の両腕で君を抱きしめるのを許して欲しい

……

イサベル　神の僕《しもべ》には神に対してだけ許すことで満足してください。

マルシーリャ　兄が妹を抱きしめるのは優しい行為だろうし、キスは子供同士ならば何度しても母親のスカートの上で微笑ましい光景と映るだろう。

イサベル　もう昔のことは思い出さないで。

マルシーリャ　おいで……
イサベル　ダメです、絶対に。
マルシーリャ　拒もうとしても無駄だ。
イサベル　待って……　さもないと誰かを……
マルシーリャ　呼ぶのか？　ドン・ロドリーゴをか？　大声出したところで姿を見せるとは思わない方がいい。お追従だらけの祝辞を聞いても、壇上で彼の虚栄心を満たしてはくれまい。町の城壁から遠く離れたところで、今は自分の血で洗われた地面を噛み締めているのだ。
イサベル　恐ろしい！　殺してしまったの？
マルシーリャ　裏切り者！　悲しんでいるのか！　僕がここまでしなければ、誰があいつを排除したと言うんだ？
イサベル　生きているの？
マルシーリャ　僕の愚かな高貴さのお陰で、まだ生きている。剣を交えるや否か、僕の剣は怒り狂ってあいつの肉をむさぼり食った。一瞬の後、彼の自尊心は地に落ちて、彼の剣は僕の手の中にあった。おお！　武器をさばく巧みさも呪われるがいい！　美徳をばらまいて、不幸の果実を収穫するような男も呪われるがいい！　人情などもう要らぬ、罪を犯したいのだ。君の残酷さが僕を否応《いやおう》なく残酷にさせているであって、君にも僕は残酷になるべきなのだ。僕と一緒にこれからこの町を出て行こう。

イサベル　ダメです、ダメ！

マルシーリャ　イサベル、君を救い出すことなんだよ。君は悲痛な涙を流したけれど、闘いに負けた時に、あいつが何と言ったか知っているか？「今は勝ち誇っておればいい、しかし俺に血を流させたのは高くつくぞ」ってな。

イサベル　何て言ったの？　何て？

マルシーリャ　僕はドン・ペドロにも復讐するし、彼の妻にもだ、つまり相手は三人だ。僕は手紙を押収してある。

イサベル　イエス様！

マルシーリャ　どんな手紙なんだ？

イサベル　あなたは私を破滅させました！　不運があなたの足跡を追いかけている。私の夫はどこにいるの？　早く言ってちょうだい、忠実な妻として助けに行きますから、怒りを静めるように彼にお願いしますから！

マルシーリャ　正しき神よ！　でも俺のことを愛していると言ったよな！

イサベル　彼の情熱が災いをもたらすのを見せて、恨み深いアグラの妻をあなたは諭そうとしているのですか？　あなたなんて嫌いです！（退場）

第八場

マルシーリャ

マルシーリャ　偉大な神よ！　とうとう言ったぞ。怒りに震えて俺に言った。嘘ではない。もはや愛などないのだ。彼女の口から吐かれた毒は人を殺す力があって、不幸なはらわたの底にまで達する。ひとつずつ壊して、壊して、俺の内蔵を潰した！　俺は彼女と共に、彼女ゆえに、彼女のために生きてきた……　彼女がいなければ、彼女の愛がなければ、俺は呼吸することができない…… 俺の胸が取り込んでいた空気は彼女の愛だったんだ！ 俺に愛を拒み、俺から愛を奪った。息ができない、生きていくことができない。

声 （舞台裏で）入れ、家を取り囲め。

第九場

イサベル、震えながら、あわてている。マルシーリャ

イサベル 逃げて、人が来ます、逃げて。

マルシーリャ （酷く錯乱して）できない。

声 （舞台裏で）死ね、死ね！

マルシーリャ その通り。

イサベル 早く。

マルシーリャ　神のご加護を！
（イサベルは彼の手を取り、彼を連れて奥の扉から退場）

第十場

アデル、鞘から抜いた剣をもって数人の騎士から逃げながら登場。ドン・ペドロ、マルガリータ、召使いたち。舞台裏にイサベルとマルシーリャ

騎士たち　死ね、死ね！
ペドロ　落ち着いて。
アデル　アラゴン人よ、俺は太守の奥方に血を流させた。しかしバレンシアの王たる彼女の夫が、彼女の後を追って俺を送り込んだのは彼女を殺すためだった。罪深い配偶者、罰当たりな恋狂いの女はマルシーリャを殺すことも企んでいた、イサベルを殺すこともな……

イサベル （舞台裏で）ああ！

アデル この鋭い剣先に毒が塗られているのを確かめよ。（スリーマの短剣を見せる。）マルシーリャが俺の言ってることを証明してくれる。この近くにいるはずだ。（奥の扉が開いて、そこからイサベルが登場し、マルガリータの両腕に倒れ込む。マルシーリャは長イスに倒れたまま登場）

第十一場

イサベル、前場と同じ人物

イサベル 愛しいお母様！

アデル 彼はそこにいる……

マルガリータ 何ということ！

ペドロ 動かない……

イサベル　死んでいる！
アデル　スリーマが残忍な復讐を果たしたんだ。
イサベル　モーロ女の復讐が彼を殺したのではありません。私がどこにいても、誰が手を下すでしょうか？　私の不幸な愛が彼を殺した張本人です。錯乱した中で言ってしまったんです、あなたなんて嫌いですって。彼は冒涜の言葉を信じてしまい、苦しみで息絶えたのです。
マルガリータ　天の隅々まで……
イサベル　生きている時に私たちを引き離した天は墓石の中で私たちをひとつにしてくれるでしょう。
ペドロ　娘よ！
イサベル　マルシーリャは自分の傍らに私の場所を用意してくれています。
マルガリータ　イサベル！
ペドロ　イサベル！
イサベル　愛しい人、私の酷い恨みの言葉を許してください。私はあなたを愛していました。私はあなたのものでしたし、今もそうです。あなたの後を追って、私の恋する霊魂が抜け出ていきます。（マルシーリャの遺体があるところへ向かう。しかし辿り着く前に息絶えて、恋人の方へ両腕を広げて倒れる。）

（幕）

独自の道を歩んだ学者肌の劇作家——あとがきに代えて

ドイツ系移民の二世として一八〇六年九月六日にマドリードで生を受けたフアン＝エウヘニオ・ハルツェンブッシュは、とにかく研究者泣かせで有名だった。理由は推敲に次ぐ推敲で同じ作品でもヴァージョン違いが多くあるからだ。従って、本文校閲が異常なまでに複雑なプロセスをたどらざるをえない。その創作姿勢は作品が活字出版された後でも変わらなかった。ある作品が再版されたり、選集に入ったりすると、以前のヴァージョンとはどこかが少し違っていた。こうしたテキストに拘る姿勢を父方のドイツ人気質に帰するのは早計であろうが、確かにラテン系の気質とは相容れない。実はハルツェンブッシュは家庭環境からはドイツ語の能力を授からなかったらしいが、あとから独学で取り組み、レッシングの『寓話』をスペイン語に翻訳するまでになっているし、また一八四一年にはスペイン・ドイツ友好協会設立に尽力しているところを見ると、父の祖国に対して熱い思いを抱いていたことだけは分かる。そして、何よりも苦労人であった。彼の幼少期から作家になるまでを振り返っておこう。

まず、フアン＝エウヘニオが二歳の時に母親が亡くなっている。家具職人だった父親は息子を神学校へ入れることを望んだが、息子自身はマドリードのサン・イシードロ学院を選び、フランス語、イタリア語、ラテン語、ギリシア語を学んだ。ところが、父親の一時期の政治活動が原因で財産没収の憂き目にあい、息子は働かざるを得なくなる。まずは父の工房で、続いて他の工房でも父と同じ家具職人を目指して働き出した。しかし文学、特に演劇への興味の芽生えは早く、サン・イシードロ学院時代の一五歳の時に、芸術嫌いな父親の目を盗んで初めて芝居を観に行った。この最初の観劇体験で演劇にすっかり魅了され、学院の友人と劇団を作って、役者の真似事に情熱を燃やしたらしい。一八三〇年、二四歳の時に最初の結婚をしているが、相手は学院時代の演劇仲間のひとりであるマリア・モルゲだった。既にフランスやイタリアの文学作品を翻訳したり、ドイツやスペインの文学作品の翻案をして、生活の足しにしていた。最初に彼の戯曲『グラシアン・ラミーレスの娘たち』が舞台にかけられたのは一八三二年、ハルツェンブッシュが二六歳の時だった。ところが、この上演は惨憺たる結果に終わり、以後彼は自分の作品の初演には立ち会わないことに決めたほどである。そしてついに出世作の『テルエルの恋人たち』が上演される日が来る。一八三七年一月一九日のことである。しかし前評判は芳しくはなかった。家具職人の息子という経歴や五年前の翻訳劇の失敗などが災いしたのだろうが、初演の幕が下りた時の観客の反応は拍手喝采と「ブラボー」の歓声が止まないという大成功であった。既に述べたように、ハルツェンブッシュは初演には立ち会わなかったので、カーテンコールで作者の名前が呼ばれても『吟遊詩人』のガルシア＝グティエレスのように舞台へ出てくることはなかったが。

ところが、これでハルツェンブッシュが筆一本に専念した訳ではなかったのである。既に彼は速記の資格を取っていて、国会の議事録を作成する速記者になっていた。最初の失敗がよほど堪えていたのであろう、浮き沈みの激しい作家業だけでは不安で仕方がなかったのである。これも生い立ちの極貧生活がなせる業と言える。しかしそれは杞憂に終わった。劇作も続けながら、マドリードにあるスペイン国立図書館で司書の職を得、安定した生活の中でスペイン古典文学の研究に勤しむようになる。セルバンテスの『ドン・キホーテ』に付した注釈をまとめたり、セルバンテスが『ドン・キホーテ』の構想を得たとされる牢屋があることで有名なラ・マンチャの寒村アルガマシーリャ・デ・アルバで『ドン・キホーテ』四巻本を記念出版する。続いて、スペイン古典劇の三大劇作家とされるロペ・デ・ベガ、ティルソ・デ・モリーナ、カルデロン・デ・ラ・バルカの戯曲集を『スペイン作家集成』(*Biblioteca de Autores Españoles*)の一環として出版すべくプロデュースをするに至る。これらの戯曲集は今でも古典劇研究の必須文献であり、スペイン語関係の学部や学科がある大学ではどこでも所蔵している基本文献でもある。中でも、ティルソ・デ・モリーナとカルデロン・デ・ラ・バルカの戯曲集はハルツェンブッシュ自ら校閲したもので、十九世紀的限界はあるが、テキスト的には興味深い解釈を示している点で貴重な資料となっている。以後の彼には栄光の人生が待っているだけであった。四七年にスペイン王立言語アカデミアの会員に推挙されると、五五年には師範学校の校長となり、そしてついに六二年に国立図書館の館長に就任するまでになる。そして館長職を定年まで勤めあげ、その五年後に七四歳で天寿を全うした。

そんなハルツェンブッシュの人柄をうまくまとめた文章がある。十九世紀後半のリアリズム演劇の中心的劇作家タマヨ=イ=バウスがハルツェンブッシュの死の翌年にアカデミアの会合で述べた弔文の一部であるが、よく引用される文章なので、ここに翻訳して紹介しておこう。曰く、「ハルツェンブッシュは小ぶりの身体に表情豊かな面持ちの人で、謙虚な立ち居振る舞いで、派手な生活をするわけでもなく、世俗の騒々しい快楽には無縁の人で、真面目で几帳面だが不愛想でも厳格でもなく(中略)慎重で節度あり、無口な方だったが、自分の意見を表明するときはいつも同じ、論理的で秩序立っていて、温和で落ち着きがあり、習慣通りの行動を取って、気分屋ではないが、ある時に口論というか論争したことがあったが、意見を曲げることはなく熱弁をふるったこともあった。記憶力には凄まじいところがあって、われらの古典文学の生き字引そのものであった。」

＊

さて、ハルツェンブッシュの『テルエルの恋人たち』はスペインに伝わる悲恋の伝説を下敷きにした戯曲であるが、ヨーロッパには他にも同じような悲恋の物語がある。ギリシャ神話の「ピュラモとティスベ」の物語や『アーサー王物語』に組み込まれて広く流布したケルト起源の「トリスタンとイゾルデ」の物語が真っ先に思い起こされるが、より人口に膾炙しているのはシェイクスピアの『ロミオとジュリエット』であろう。しかし『ロミオとジュリエット』はシェイクスピアの創作ではなくて、アーサー・ブルックの長編詩『ロミオとジュリエットの悲恋物語』（一六〇二年）を具体的に参照していることはすでに定説となっている。それに反して「テルエルの恋人たち」伝説は史実であるとされてきた。ところが、最近ではこの説が崩れつつある。そこで、ここでは史実とされてきた理由とそれが否定されうる根拠を示しておこう。

まず、伝説の原型となる物語を紹介しよう。いわゆる「サン・ペドロ文書」に取り込まれている「作者不詳の物語」がそれであるが、翻訳すると次のような物語である。

テルエルにフアン・マルシーリャという貧しい若者が住んでいた。彼はイサベル・デ・セグーラという金持ちで美しい女に恋をした。女の父親は娘の恋人としてマルシーリャを認めはしたが、面と向かって彼の貧しさをなじった。ファンは金持ちになるために五年の猶予を申し出て、戦場へ出て行った。女の父親はイサベルを結婚させようとした。彼女は抵抗して、約束を守って欲しいと懇願した。期限が過ぎたので、彼女は結婚した。ちょうどその時、マルシーリャが帰ってきて、彼女に会いに夫と眠っている寝室まで行って、キスをせがんだが、断られたので倒れて死んでしまった。イサベルは夫を起こして、遺体をマルシーリャの父親の家の玄関扉まで運んだ。葬式が営まれて、後悔したイサベルは亡くなった彼のもとへ行き、キスをした。彼女はそのままそこで死んでいた。夫はそこで前夜起きたことを語り、二人を一緒に埋葬することに決めた。

この物語が史実とみなされた理由を述べるには、今から四百六十年ほど遡らねばならない。一五五五年、スペイン東部の県都テルエル市のサン・ペドロ教会で二人のミイラ化した死体が発見された。すぐに別の礼拝堂へ移されて埋葬されたが、これが既に伝説となっていた「テルエルの恋人たち」、つまりマルシーリャとイサベルの遺体だと認定された。その根拠は定かではないが、このミイラ発見がすべての始まりだった。それまでは単なる伝説だと思われていた物語が史実に格上げされたのである。しかしこの「史実」を記しているのは某ペドロ・デ・アルベントーサが残した文書で、ミイラ発見と同じ年に書かれたとされるが現存しておらず、見たのは十九世紀の文献学者パスクアル・デ・ガヤンゴスだけで他の誰も確認できていない。次に一五六六年にアントニオ・セローンが書いた韻文作品『シルバス』の第三歌がこの伝説を扱っているが、ラテン語で書かれていて、スペイン語訳が出たのは一九〇七年と遅く、それまでは一般には知られていない。この「マルシーリャ・サンチェスと美しきイサベルの恋物語の悲しすぎる結末」と題された叙事詩では、マルシーリャはテルエルに留まったままで、恋敵はエチオピア人となっている。それから十年ほど経た一五七七年にバレンシア人のバルトロメー・デ・ビリャルバ＝イ＝エスターニャが著書『好奇心の強い巡礼者』の中でこの伝説に言及しているが、マルシーリャに与えられた年限が七年と増えていたり、「マルシーリャはもう死んだ」という嘘の知らせが届くといった細部の異同が見られる。史実では十三世紀の一二一七年の出来事とされているので、それから三百六十年ほど経過した後で、既に伝説となった物語が改変の自由を獲得していた証左である。

ついには文学作品にも取り込まれる。バレンシア演劇の中心的存在であったアンドレス・レイ＝デ＝アルティエダが一五八一年に発表した『恋人たち』がこの伝説を戯曲にした最初であるが、既にテルエルという地名を付けなくとも認定できるほどに伝説が流布していたことを示しているとも言える。以後、この伝説を戯曲化した作品がいくつか世に出るが、特筆すべきは黄金世紀の三大劇作家のひとり、ティルソ・デ・モリーナもこの伝説を劇化（『テルエルの恋人たち』、一六三五年）していることと、黄金世紀最大の劇作家ロペ・デ・ベガの愛弟子ファン＝ペレス・デ・モンタルバンも同じ題名（『テルエルの恋人たち』、一六三八年）で芝居にしていることである。十七世紀になると舞台が中世ではなく、同時代に移されて、最後の裁定を下すのが神聖ローマ帝国皇帝カール五世となったりするので、史実との乖離が顕著となってくる。

その後も散文韻文を問わず、この伝説を扱った文献は多数存在するので、これ以上の詳細は煩雑を避けて割愛するが、ハルツェンブッシュ自身が下敷きにしたのは一八〇六年に出版されたイシドーロ・デ・アンティリョンの『「テルエルの恋人たち」に関する歴史的消息』だとされている。皮肉にもハルツェンブッシュが参照したこの文献が史実を疑問視していたので、ハルツェンブッシュ自身も後年反論を書いて、史実説を擁護したくらいである。

史実ではないとする説の根拠は伝説を記した最古の文書が捏造文書だと見る点にある。しかし、誰も確認したことがない古文書ならば真贋を問うことはできない。現存しているのは未確認文書の写しだけだからである。捏造とみることもできるが断定する根拠もない。ところが、十九世紀から二十世紀にかけてスペインの知的状況はヨーロッパの一部としてのアイデンティティがかなり揺らいでいた時期で、当時の人文学の重鎮マルセリーノ・メネンデス＝ペラーヨはこの伝説を史実と見ない説を取っていた。その弟子筋に当たるエミリオ・コタレロ＝イ＝モリも『「テルエルの恋人たち」伝説の起源と発展』（一九〇三年）を書いて史実説を否定し、「テルエルの恋人たち」伝説はボッカッチョの『デカメロン』第四日第八話がその源泉だと主張した。スペイン・ロマン主義研究の第一人者リカルド・ナバス＝ルイスの要約を翻訳する形で、『デカメロン』のこの物語を紹介すると次のような話である。

裕福な未亡人の息子ジローラモは仕立て屋の娘サルヴェストラに恋をした。未亡人の母親は息子をパリへやって、恋人を忘れさせようとした。一年経って、男がフィレンツェに戻って来るとサルヴェストラは結婚してしまっていた。ある晩、彼は彼女の寝室へ行き、彼女を責めて、寒いから夫と一緒のベッドへ入れてくれるように頼んだ。彼女はそれを認めたが、男はその状況から絶望して、息を潜めたまま死んでしまった。女は夫を起こして、死体を外の通りへ移し、葬儀が営まれたが、サルヴェストラはジローラモの棺の上に倒れこんだまま死んでしまった。

一読して明らかなように、この物語を「テルエルの恋人たち」伝説の源泉とするのはかなり無理がある。それでもスペインがイタリア・ルネサンスの文化を受け継いでいるように考えたい背後には、揺らいでいたアイデンティティをヨーロッパの一部として繋ぎとめようとする強いメンタリティがあったと解釈すべきであろう。この『デカメロン』源泉説は一旦下火になったのだが、二十世紀最後の四半世紀頃から再燃して、少なくとも今では史実説の方が分が悪い。二十一世紀になってから出版されたある文学辞典では、『テルエルの恋人たち』伝説は史実ではない」と断言しているほどである。とは言え、「テルエルの恋人たち」友の会も結成されて、観光資源としてテルエル市の町興しに一役買っている現在、史実か否かを云々することには慎重にならざるを得ない。先に名を挙げたリカルド・ナバス＝ルイスを見習って、ここでもこの問題にはこれ以上踏みこまないことにしたい。

＊

ハルツェンブッシュの『テルエルの恋人たち』がスペイン・ロマン主義演劇の代表作であることは疑い得ない文学史的事実である。しかし戯曲そのものは時代的な制約を越えて、十分に現代にも通用する芝居に仕上がっている。その斬新さを支えているのは、この戯曲に登場する近代的自我を持った二人の女性の存在である。ひとりはもちろん、幼くして芽生えた恋心に従ってマルシーリャとの結婚を願うヒロインのイサベルである。そしてもうひとりがその母親のマルガリータで、作品の中では慈善家として町でも有名な女性とされ、マルシーリャの父親マルティンが病で臥せっている時に世話をしに通ったことで、マルシーリャとイサベルの恋仲のことで反目していた父親同士が和解する契機をつくった人物である。しかし、夫のペドロが帰宅する第二幕一場で、娘のイサベルや召し使いのテレサと比べても、妻のマルガリータの態度が卑屈とまで言い得るほどに慇懃すぎることが気にならなかったであろうか。娘が父親の手に接吻を求めているにも拘わらず、妻は夫の足もとにひれ伏そうとするのである。古典劇の残滓と見なされる道化役の召し使いテレサが「まあ、奥様、そこまでの謙虚さはもうおやめください」と言ってその場をつくろってはいたが、ここにマルガリータが慈善家とならねばならなかった秘密が隠されていた。この作品の重要な伏線だと言える。次にこの伏線を引き継いでいるのがその次の場面で、父親のペドロが娘のイサベルに何気なく語っているカタルーニャの騎士ロジェール・デ・リサーナにまつわる「かなり変わった事件の話」である。ロジェールが「二人のいずれかがここで命を落とすのだ」と威嚇して、結局は自ら命を絶つことになって、ペドロはロドリーゴに最期を看取ることを依頼することになるが、ロジェールが「殺してくれ、墓の片隅に俺の罪を隠してくれ」とペドロに訴えるあたりが不可解としか言いようがない。ここでは謎が深まるばかりで、これが伏線とつながるとは到底思えない。また、第二幕六場のイサベルとマルガリータの二人が対話する場面では、マルシーリャへの恋心を全うしようとする娘の訴えを聞いて、まずは「自分が気に入った相手に夢中になるなんてことは若い娘にあってはなりません。娘はその父親の思いを受け入れるだけでいいのです」と諫めていた母が、「心穏やかにこの娘の言うことを誰が聞いていられようか?」という傍白を経て、「アサグラはあなたの主人にはさせません、あんな約束は反故にしてやるわ」と一転して娘の恋の成就に手を貸す姿勢を見せる。娘の幸せだけを願う母親の自然な気持ちだと映るが、その前に娘は父親の意のままに結婚するべきだとする当時の慣習を伝えたあとで、母マルガリータは「こんな風に私たち女は結婚させられて、私もそのようにして結婚しました」と内心を吐露している。まるでマルガリータにも他の男性を慕った経験があったかのような台詞である。

この謎は第二幕八場から徐々に解きほぐされていく。イサベルとマルシーリャが添い遂げられるように尽力すると宣言したマルガリータがイサベルとの結婚を待ちわびているロドリーゴと対話していて、ロドリーゴがロジェールの最期を看取った話に続く手紙の話題になると、マルガリータが途端にうろたえ始める。どうやら筆跡を見れば誰が書いた手紙なのかが分かるらしい。少なくともマルガリータには誰が書いたのかは分かりすぎるほど分かっていた。自分が書いた手紙だったからだ。つまり、マルガリータはロジェールと不貞を働いていた。すべてを把握していた夫のペドロは世間体を重視して事を荒立てず、ロジェールも精神を病んでしまったので、マルガリータと離婚もせず、すべてを闇に葬ったまま結婚生活を続けた。マルガリータの慈善行為は、とどのつまりは罪滅ぼしを意味していたのだった。この秘密をつかんだ卑劣なロドリーゴは手紙の件でマルガリータを脅して、イサベルとの結婚を実現させようとしたのである。こうしてようやく先に見たロジェールの最期の場面の謎が解けてくる。

ところが、マルシーリャが不在の五年間にイサベルにも他の男性を慕うことで寂しさを紛らわせた経験があったことをイサベル本人の告白で知ることになる。同じく第二幕の最後の場面、十二場である。「愛情のない結婚はおそらく新たな犯罪を生むのです」とため息をついた母マルガリータは他の女性のことのようにして告白する。「私はひとりの不幸な女性のことを耳にしました、むりやりに結婚の同意をさせられて、それで…　長く苦しんだあげくに…　貞淑な人生が嘘だったことを明かしたのです。もう何年も苦しみと贖罪の人生を送っています…」それに呼応するかのように、ロドリーゴ・デ・アサグラとは結婚しないという強い意志を繰り返し表明した後のイサベルがおもむろに告白し始める。「私にも読まれると困る手紙があります。いつか見つかるかも知れません」と言うと、ペンダントを取り出して、そこに隠していた、自ら描いた肖像画に最後だと言ってキスをする。時代の風潮に抗うほどの情熱的な思慕の念に駆られた二人の女性の苦しみが凝縮された名場面である。

　舞台は十三世紀という中世だが、因習的な社会を表すにはこの時代設定が功を奏している。そこに明確な自我に目覚めてしまった二人の女性が登場し、それでも運命に翻弄されていくドラマとして、ハルツェンブッシュの『テルエルの恋人たち』はやはり今でも舞台にかけうる傑作だと評価できる。第一幕のバレンシアの場面はレコンキスタ時代の雰囲気をうまく伝え、内紛の副筋を交えて、スリーマという女性が最後までマルシーリャとイサベルの恋の邪魔をする。また、マルシーリャが恋敵ロドリーゴを殺害してしまって、結局は三人とも死んでしまうという最後はやや無理があるが、ロマン主義の時代にはさほど不自然には映らなかったに違いない。この『テルエルの恋人たち』は初演時は実は五幕構成で書かれていた。それがその後に四幕に改稿されたのだが、登場人物名にも若干の異同があったり、台詞回しにもかなりな違いが見られることは確かだが、すべての伏線は初演時の五幕悲劇に既に用意されていて、四幕改作時にさらに整理されたと見られる。ここでは完成形と思しき四幕版を訳出したことを最後にお断りしておく。

*

翻訳にはどの版を定本とするのかで、かなり迷った。既に述べたように、作者ハルツェンブッシュのおびただしい推敲の結果、初版では五幕の悲劇だったのが、最終的には四幕の悲劇に変わってしまっている。観客が拍手喝采を送った初演時の五幕版を採用すべきかとも思ったが、やはり作者が納得ずくめで筆を置いた最終版とも言える四幕版を定本とするべきだと考えた。そうすると、入手可能で利用できる校訂版はエスパサ＝カルペ社のクラシコス・カステリャーノス版か、カテドラ社のイスパニア文学叢書版しかない。新しい版の方がより多くの先行研究を踏まえているので、後者を定本に選んだ。これはスペイン文学者カルメン・イランソが校閲した版だが、序論が簡便にまとまっていて、その完成度は他の追随を許さないほどの出来映えである。他にも参照した校訂版は数多いが、重要なものに限って後にまとめて編年的に記しておく。特筆すべきは、フランス人研究者ジャン＝ルイ・ピコシュの校訂版二種（一九七〇年と一九八〇年）は参照して益するところ大であった。マドリード国立図書館所蔵のハルツェンブッシュ直筆の草稿から校訂を始め、相次いで出版された十九世紀当時の諸版に見られる異同、「テルエルの恋人たち」伝説に関する情報の整理など、微に入り細を穿つ研究姿勢には思わず襟を正したくなるほどであった。しかし五幕版と四幕版をともに収録しているので、助成金の関係で採用できなかったのが残念でしかたがない。将来に向けて、五幕版と四幕版の比較研究などが可能になるように、五幕版のテキストも併せて紹介できることになれば、迷わずピコシュの校訂版を採用したいと思っている。

Hartzenbusch, Juan Eugenio.: *Los Amantes de Teruel*, ed. de Carmen Iranzo, Madrid,

Cátedra, 1981. (Letras hispánicas 126)（四幕版）

Hartzenbusch, Juan Eugenio.: *Los Amantes de Teruel*, ed. de Álvaro Gil Albacete, Madrid, Espasa-Calpe, 1935. (Clásicos castellanos 113)（四幕版）

Hartzenbusch, Juan Eugenio.: *Los Amantes de Teruel*, ed. de Jean Louis Picoche, Paris, Centre de Recherches hispaniques, 2 vols., 1970.（五幕版と四幕版）

Hartzenbusch, Juan Eugenio.: *Los Amantes de Teruel*, ed. de Salvador García, Madrid, Castalia, 1971. (Clásicos Castalia 37)（五幕版）

Hartzenbusch, Juan Eugenio.: *Los Amantes de Teruel*, ed. de Jean-Louis Picoche, Madrid, Alhambra, 1980. (Colección Clásicos 13)（五幕版と四幕版）

Hartzenbusch, Juan Eugenio.: *Los Amantes de Teruel*, ed. de Ricardo Navas Ruiz, Madrid, Espasa-Calpe, 1992. (Colección Austral 261)（五幕版）

尚、先に翻訳したリバス公爵の『ドン・アルバロ　あるいは　運命の力』やガルシア＝グティエレスの『吟遊詩人』と同じく、フアン＝エウヘニオ・ハルツェンブッシュの『テルエルの恋人たち』も韻文と散文の混合体で書かれているが、すべて散文訳に統一したことをお断りしておく。

さて、これでスペイン・ロマン主義演劇の代表作三編を訳し終えたので、ひとまずの区切りをつけることにする。しかしスペイン・ロマン主義演劇の紹介がこれで終わったのではない。他にも翻訳紹介したい作品が多く残っている。まずはフランシスコ・マルティネス＝デ＝ラ＝ロサ（一七八七～一八六二）の戯曲『ヴェネチアの陰謀』（初演一八三四年）がある。当初はこの作品も翻訳するリストに入れていたのだが、諸々の理由が生じて、残念ながら割愛することになってしまった。次に、早くから邦訳で親しまれていた『ドン・フアン・テノーリオ』（原作初演一八四四年、高橋正武訳の岩波文庫初版は一九四九年）を書いた後期ロマン主義の大作家ホセ・ソリーリャ（一八一七～一八九三）では、例えば『靴屋と国王』（第一部初演一八四〇年、第二部初演一八四二年）や『裏切り者にして口を割らぬ殉教者』（初演一八四九年）などの戯曲から最低でも一編は翻訳したかった。さらには、ロマン主義を自らの人生で体現した、詩人兼劇作家でもあったジャーナリスト、マリアーノ＝ホセ＝デ・ラーラ（一八〇九～一八三七）の悲劇『マシーアス』（初演一八三四年）、加えて当時上演された芝居のほぼすべてを「フィガロ」というペンネームで論じた彼の演劇時評など、数え上げれば切りがない。これらはすべて今後の課題として、次の機会に委ねたい。

今回は翻訳そのものが史実から八〇〇年、戯曲初演から一八〇年という記念出版に間に合わせるべく準備していたのだが、史実であるという説が近年大きく疑問視されていることを受けて、この説を検証しようとしたことがかえって後書きに時間がかかることになり、予定より半年も遅れてようやく出版の運びとなった。コレクションの責任者である畏友の寺尾隆吉氏（フェリス女学院大学教授）もこれで安堵の胸をなで下ろしてくれていることと思う。ということで、いつもお世話になる太田昌国氏にはまたもや心配をかけてしまった。また編集部の小倉裕介氏にもその手を煩わせた。この二人には心から感謝の意を表したい。

最後に、出版助成を認めて下さったスペイン文化省にも心から御礼を申し上げたく思う。

マドリード国立図書館古文書室でハルツェンブッシュの自筆手稿を前にして

稲本健二

【著者紹介】

フアン＝エウヘニオ・ハルツェンブッシュ　Juan Eugenio Hartzenbusch（1806－1880）

スペイン・ロマン主義演劇の中心的存在。劇作だけでなく、詩にも散文にも筆を染めた。ドイツ系移民の二世としてマドリードに生まれたが、二歳の時に母親を失い、ナポレオンの侵略でマドリードを離れたり、父親の政治活動が原因で財産没収の憂き目にあったりして、極貧の幼少期を過ごした。父親の工房で家具職人として働き出したが、サン・イシードロ学院で学んだ外国語の能力を活かして、外国文学の翻訳や翻案をして糊口をしのいだ。速記者として国会の議事録作成に従事したり、文芸雑誌とも関係ができたお陰で、作品を発表する機会を得ていく。最初の戯曲は失敗に終わったが、1837年の年頭に初演された『テルエルの恋人たち』が大成功を収めた。以後も戯曲を発表し続けるが、国立図書館で司書の職を得て、スペイン古典文学の研究にのめり込んでいく。スペイン古典劇の三大劇作家の作品集を企画・校閲をしたり、セルバンテスの『ドン・キホーテ』を四巻本で記念出版したりした。1847年にスペイン王立言語アカデミアの会員に推挙され、55年には師範学校の校長、62年にはついに国立図書館の館長となって、19世紀後半の知識人を代表するまでになる。館長職を定年まで勤めあげた後、病魔におかされて80年に74才で生涯を閉じた。代表作『テルエルの恋人たち』の他にも、『ドニャ・メンシーア　あるいは　異端審問所での結婚式』（1838）、『サンタ・ガデアの誓い』（1845）、『純潔王アルフォンソ』（1841）等の歴史劇に秀で、『魔法の小瓶』（1839）、『セレスティーナ母さんの粉薬』（1841）といった視覚的な舞台効果を多用する魔法劇《マジック》にも独自の才能を開花させた。

【訳者紹介】

稲本健二（いなもと・けんじ）

1955年生まれ。大阪外国語大学（現大阪大学外国語学部）大学院修士課程修了。同志社大学グローバル地域文化学部教授。スペイン文学専攻。マドリード・コンプルテンセ大学およびアルカラ・デ・エナーレス大学で在外研究。文献学、書誌学、古文書学を駆使して、セルバンテスやロペ・デ・ベガの作品論を展開。国際セルバンテス研究者協会理事。さまざまな国際学会で研究発表をこなす。元NHKラジオ・スペイン語講座（応用編）およびテレビ・スペイン語会話担当講師。日本イスパニヤ学会理事および学会誌『HISPANICA』の編集委員長も務めた。1990年から2001年まで文芸雑誌『ユリイカ』（青土社）のコラム「ワールド・カルチュア・マップ」でスペイン現代文学の紹介に努める。訳書には牛島信明他共訳『スペイン黄金世紀演劇集』（名古屋大学出版会、2003）、フアン・マルセー『ロリータ・クラブでラヴソング』（現代企画室、2012）、『アントニオ・ガモネダ詩集（アンソロジー）』（同、2013）、リバス公爵『ドン・アルバロ　あるいは　運命の力』（同、2016）、ガルシア＝グティエレス『吟遊詩人』（同、2017）など。

ロス・クラシコス 11

テルエルの恋人たち

発　行　2018 年 8 月 31 日初版第 1 刷　700 部
定　価　2800 円＋税
著　者　フアン＝エウヘニオ・ハルツェンブッシュ
訳　者　稲本健二
装　丁　本永惠子デザイン室
発行者　北川フラム
発行所　現代企画室
東京都渋谷区桜丘町 15-8-204
Tel. 03-3461-5082 Fax 03-3461-5083
e-mail: gendai@jca.apc.org
http://www.jca.apc.org/gendai/
印刷所　中央精版印刷株式会社

ISBN978-4-7738-1809-3 C0097 Y2800E

ロス・クラシコス

スペイン語圏各地で読み継がれてきた古典的名作を集成する。企画・監修＝寺尾隆吉

①別荘　ホセ・ドノソ著／寺尾隆吉訳　三六〇〇円

②ドニャ・ペルフェクタ　完璧な婦人　ベニート・ペレス＝ガルドス著／大楠栄三訳　三〇〇〇円

③怒りの玩具　ロベルト・アルルト著／寺尾隆吉訳　二八〇〇円

④セサル・バジェホ全詩集　セサル・バジェホ著／松本健二訳　三二〇〇円

⑤ドン・アルバロ　あるいは　運命の力　リバス公爵著／稲本健二訳　二五〇〇円

⑥ウリョーアの館　エミリア・パルド＝バサン著／大楠栄三訳　三〇〇〇円

⑦モロッコ人の手紙／鬱夜　ホセ・デ・カダルソ著／富田広樹訳　三二〇〇円

⑧吟遊詩人　アントニオ・ガルシア＝グティエレス著／稲本健二訳　二四〇〇円

⑨ドニャ・バルバラ　ロムロ・ガジェゴス著／寺尾隆吉訳　三二〇〇円

⑩抒情詩集　ソル・フアナ・イネス・デ・ラ・クルス著／中井博康訳　三二〇〇円

⑪テルエルの恋人たち　フアン＝エウヘニオ・ハルツェンブッシュ著／稲本健二訳　二八〇〇円

税抜表示　以下続刊（二〇一八年八月現在）